Werner Hasselbacher

Reise zum Mittelpunkt der Ferne

AF199188

Werner Hasselbacher, geb. 1948, arbeitete neun Jahre als Tierpfleger im Frankfurter Zoo, dem er zeitlebens verbunden blieb. Abitur auf dem Zweiten Bildungsweg. Danach an der Goethe-Universität Frankfurt tätig. Er reiste viel, engagiert sich für den Naturschutz und seine große Leidenschaft ist der Fußball.

Werner Hasselbacher

Reise zum Mittelpunkt der Ferne

Erzählungen und
Reportagen

Herstellung und Verlag:
BoD - Books on Demand, Norderstedt
Satz und Titelfoto: Werner Hasselbacher
ISBN 978-3-7448-6887-7

Für Cornelia

Inhalt

Brief aus Kuba

„Die Briefe kamen gestern in einem Umschlag mit der Post. Es sei sein Wunsch gewesen, schreibt sie. Gelesen habe ich sie noch nicht. Der aus Kuba ist auch dabei."

„Bleib sitzen, ich hole ihn. Welcher ist es?"

„Der in dem blauen Kuvert."

Santa Lucia, 13. März 1994

„Ist er das?"

„Ja, das ist er. Sei so gut und lies in mir vor; ich sehe in letzter Zeit schlecht."

„Der Brief hat gar keine Anrede."

„Ach, das war seine Art, Tagebuch zu führen. Dein Vater war schon immer etwas eigenartig gewesen. Das mochte ich gerade an ihm. Nach jeder Reise kam ein solcher Brief von ihm zu Hause bei uns an. Diesen werde ich wohl nie vergessen, obwohl ich mich an seinen Inhalt nicht mehr genau erinnere."

Kuba ist groß wie die Herzen seiner Bewohner. Die Insel mißt von Ost nach West 1.250 Kilometer. Fidel Castro grüßt uns von Plakaten am Straßenrand. Das Bildnis des „maximo lider" verbleicht in der Sonne, die uns bräunt. Für harte Dollars ist Che Guevara auf Briefmarken und T-Shirts zu haben. Keinen Cent wert sind die drei Pesos, die als Münze oder Schein sein Abbild tragen. Seit dem Rückzug des russischen Bären bekommt das Land die Krallen des amerikanischen Adlers schmerzhaft zu spüren. Die Wirtschaft liegt in den

letzten Zügen. Traktoren ziehen Omnibusse, auf Lastwagen
stehen die Menschen wie Borsten auf einer Bürste, Pferde-
kraft ersetzt das fehlende Benzin. Aber noch immer gibt es
Lachen im Überfluß, wölbt sich auf den Rücken der Rinder
ein Buckel, tragen die Pferde den Vaquero im Sattel, auf dem
kein Platz ist für die Zeit.

„Ich wußte gar nicht, daß er eine poetische Ader hatte."

„O doch, die hatte er. Von den Vaqueros waren wir besonders beeindruckt. In unserer alten Wohnung hing eine
Photographie von zwei Kubanern, die auf ihren Pferden
mitten auf einer schnurgeraden Landstraße reiten. Ich
sehe das Bild noch deutlich vor mir. Sie kehren dem Be-
trachter den Rücken zu und streben zu jenem Punkt, wo
die Straße mit dem Horizont verschmilzt. Links und
rechts des Straßenrandes reihen sich Telegraphenmasten,
und zu beiden Seiten dehnt sich flaches Weideland aus.
Hier und da sind höckerige Zebus, Pferde und auch ein
paar Schafe und Ziegen zu sehen. Nirgendwo ein Auto.
Die Straße, das Land, der weite, graublaue Himmel: alles
scheint nur für die zwei Reiter da zu sein. Sie hatten ihre
Pferde neben uns angehalten, und einer der beiden, der
größere, fragte uns, ob wir ein Stück auf seinem Pferd, einem Schimmel, reiten wollten. Es war ein stattlicher
Mann, so um die Vierzig, mit langen dunkelblonden Haaren und einem üppig sprießenden Bart. Wenn er keinen
schwarzen, breitkrempigen Filzhut getragen hätte, hätte
man ihn in seinem rot- und blaukarierten Flanellhemd
auch für einen kanadischen Holzfäller und nicht für einen
kubanischen Cowboy halten können. Er reichte uns die
Zügel, so als würde er uns schon viele Jahre kennen. Er
verlangte nichts. Seine Hände waren schlank und kräftig,
ein wenig schmutzig von der Arbeit, aber doch sehr
schön, und sie hielten die Zügel, die aus Hanf waren.

10

Komisch, daß man sich nach so vielen Jahren an solche Einzelheiten erinnert. Es waren wirklich nur einfache Hanfstricke. Wir lehnten sein Angebot höflich ab. Er lächelte freundlich, bot uns noch einmal sein Pferd an, und ritt, als wir auch diesmal ablehnten, weiter. Sein Partner folgte ihm; er trug einen Strohhut, und sein Gesicht war fast so braun wie die Farbe seines Pferdes. Nach etwa dreißig Metern drehten sie sich im Sattel um und winkten uns zum Abschied zu. Dann machten wir das Photo. Für uns war es immer ein Sinnbild der Freiheit. Ähnlich empfanden alle, die uns besuchten und sich das Photo ansahen, so lange, bis wir ihnen sagten, daß wir es in Kuba aufgenommen hatten. Danach wandten sie sich wortlos ab, weil Freiheit und Sozialismus sich in ihren Augen offenbar nicht vertrugen. Vielleicht hatten sie recht und das Photo, das wir so sehr mochten, war nichts als eine liebenswerte Illusion. Ich weiß gar nicht, wo das Bild hingekommen ist. Na, ist ja auch egal, lies weiter.‟

Das Zuckerrohr wird zum Teil wieder von Hand geerntet. Der aus ihm gewonnene Zucker, braun oder weiß, an dem sich ungebeten die Fliegen laben, süßt unseren Kaffee. Käse essen wir, gemäß der Landessitte, mit Guavenmarmelade.

Einige Hotelgäste leiden Not am reichhaltigen Büfett, besonders entbehren sie einer dritten Hand, und so sind sie genötigt, in der einen Hand die Tasse mit der überschwappenden Suppe, in der anderen den Teller mit einer Portion von allem und jedem und im Mund ein Brötchen zu ihrem Tisch zu befördern. Das Tragen von heller Kleidung ist im Speisesaal nicht zu empfehlen, denn der Kontakt mit streunenden Speisen ist kaum zu vermeiden; vielleicht entschuldigt das die vielen freien Oberkörper.

Gegen die Stechmücken gibt es kein wirksames Mittel, aber das Zirpen der Grillen bekämpft das Hotel mit dem Lärm der

Diskothek erfolgreich bis vier Uhr früh, um mit ihm ab neun Uhr gegen den Gesang der Vögel anzutreten.

„Der Krach war manchmal wirklich unerträglich. Du mußt wissen, die Diskothek war gleich nebenan. Einmal dröhnte nachts die Musik so laut, daß unser Bett vibrierte und an schlafen nicht zu denken war. Tina Turner war damals auf dem Höhepunkt ihrer Karriere, und fast jedes zweite Lied war von ihr. Wir hatten sie immer gerne gehört, aber danach konnte ich sie für eine Weile nicht mehr ertragen. Erst wenn es hell wurde und die Leute lärmend die Diskothek verlassen hatten, wurde es etwas ruhiger."

Die weiten Entfernungen sind am leichtesten auf dem Luftweg zu überwinden, doch weil wir den kleinen knatternden Eisenvögeln nicht trauen, haben wir uns für Bus und Mietwagen als Transportmittel entschieden. Auf einem zweitägigen Ausflug nach Santiago de Cuba lernen wir die Vorzüge einer Gruppenreise kennen. Wir besichtigen ein Automuseum, in dem die gleichen Oldtimer zu sehen sind wie allerorts auf den Straßen. Man führt uns zu einer Rumfabrik, die geschlossen hat, weil ihre Fließbänder nicht laufen, zeigt uns die einheimische Fauna in einem Dinosaurierpark und die Vergangenheit auf einem Friedhof. Die längste Zeit jedoch widmen wir uns der größten Sehenswürdigkeit: dem Mittagessen.

„Das muß ich dir erklären. Am Tag unserer Abreise aus Santiago de Cuba war noch ein Mittagessen eingeplant, in einem kleinen Restaurant, das in einem herrlichen alten Villenviertel lag. Wir trafen etwas zu früh dort ein, und der Inhaber bat uns um ein wenig Geduld, weil das Essen noch nicht fertig war. Etwas Besseres konnte uns gar nicht passieren. Während die anderen aus unserer Reisegruppe an den Tischen im Innenhof Platz nahmen und vor ihren Getränken die Zeit totschlugen, erkundeten wir die Umgebung. So waren wir wahrscheinlich die einzigen, die das Stammhaus der Familie Bacardi sahen, eine prächtige Villa aus dem 19. Jahrhundert. Nachdem die Bacardis nach der Revolution das Land verlassen hatten, hatte man die Villa zu einem Museum umfunktioniert. Schulkinder in adretten Uniformen gingen darin ein und aus, und einige turnten im angrenzenden Park auf einem ausgedienten sowjetischen Düsenjäger herum. Daran mußte ich später daheim immer denken, wenn im Fernsehen die Werbung für Bacardi Rum lief.

Aber was ich eigentlich sagen wollte: Als wir nach einer knappen Stunde von unserem kleinen Ausflug zurückkehrten, saßen die anderen noch immer vor ihren Getränken. Mit dem Essen dauerte es noch eine Weile. Schließlich führte man uns in ein Zimmer, das wie ein Wohnzimmer aussah; es war wohl auch eins, eingerichtet mit Kommode, Bücherschrank, Plüschsofa und Sesseln, an den Wänden Familienphotos und Lithographien. Der schwere, lange Eßtisch war gedeckt mit Silberbesteck und Porzellangeschirr aus längst vergangenen Zeiten. Zum Nachtisch gab es hausgemachtes Eis, zwei Bällchen für jeden, wahlweise Vanille, Schokolade oder Erdbeere. Der Inhaber, der viel Aufhebens davon machte, servierte es uns persönlich. Wir aßen das Eis langsam, mit Bedacht, so als ob Speiseeis etwas ganz Besonderes für uns wäre.

Schon am Tag zuvor hatten wir jede Gelegenheit genutzt, um uns selbständig zu machen. Nach unserer Ankunft im Hotel widerstanden wir der Versuchung, uns wie andere gleich an den Swimmingpool zu legen. Statt dessen nutzten wir den freien Nachmittag und machten auf eigene Faust einen Stadtbummel. Unterwegs schlossen sich uns zwei junge, aufdringliche Burschen an, die uns Zigarren verkaufen wollten, echte Cohibas, ausgesprochen preiswert, wie sie uns versicherten, an denen jedoch einzig die Banderolen echt zu sein schienen. Die beiden wichen uns nicht von der Seite. Aber schließlich wurden wir sie doch los, einfach weil wir sie nicht beachteten. Was wir bei unserem Bummel durch die Stadt zu sehen bekamen, war allein schon die Reise wert. Auf dem Rückweg nahm uns ein alter Mann ein Stück in seiner Pferdekutsche mit. Er war beinahe beleidigt, daß wir für die Fahrt bezahlen wollten. Er nahm lediglich eine Zigarette von uns an, wofür er sich mit zwei von seinen bei uns revanchierte.

Am Abend besuchten wir dann noch eine Tropicana Show. Wir waren froh über diese Gelegenheit, da unsere Zeit für einen Besuch von Havanna nicht mehr reichte, wo wir uns die Show sicher im weltberühmten Tropicana im Original angeschaut hätten. Trotzdem war ich von der Revue begeistert. Die bildschönen Tänzerinnen, die schrillen Farben der Kostüme, dazu die Musik, Mambo, Rumba ... glaub mir, es war einfach großartig. Außerdem stand ich dabei zum ersten und zum letzten Mal in meinem Leben im Rampenlicht. Doch, wirklich. Und das hatte ich der Laune eines Sängers zu verdanken, der von der Bühne stieg und singend von Tisch zu Tisch ging, gefolgt vom Licht eines Scheinwerfers. Auch zu unserem Tisch kam er, und ausgerechnet vor ihm bleibt er stehen. O Schreck, denke ich – da neigt er sich auch schon zu mir, zwischen seinem Mund und meinem Ohr nur das Mikrophon, und singt, als wäre sein Lied einzig und allein für mich bestimmt. Der grelle Scheinwerfer, der ihn und mich anstrahlt, blendet mich. Ich spüre förmlich wie Nadeln die Blicke des Publikums auf mir und zwinge mich zu einem Lächeln, etwas Besseres fällt mir nicht ein. Zum

Glück ist es ein kurzes Lied, so daß mich bald wieder das gnädige Halbdunkel umhüllt. Dein Vater amüsierte sich bei diesem Zwischenspiel königlich. Die übrigen Beiträge gefielen ihm nicht annähernd so gut. Sie waren ihm von zu viel Spektakel begleitet, und er tröstete sich mit dem Rum, von dem jedes Paar eine Flasche vor sich auf dem Tisch stehen hatte, über diesen Umstand hinweg. Immer wenn er einen kräftigen Schuß unter sein Cola mischte, warf ihm unser Reiseleiter einen besorgten Blick zu. Zuerst dachte ich, er wäre um unser Wohl bedacht, weil der Inhalt unserer Flasche schon bedenklich abgenommen hatte, obwohl die Vorstellung noch voll im Gange war. Später wurde mir klar, daß seine Sorge einzig sich selbst gegolten hatte, denn er und unser Fahrer waren auf die Reste in den Flaschen aus, die sie nach der Veranstaltung zusammengossen und mitnahmen. Bei uns machten sie allerdings ein schlechtes Geschäft, denn unsere Flasche war so gut wie leer.

Spätabends kamen wir zurück in unser Hotel, in dem wir uns bis dahin kaum aufgehalten hatten. An seinen Namen erinnere ich mich nicht mehr, nur daß es fünf Sterne hatte und ein riesiger Kasten war, dessen Fassade einer Zuckerfabrik nachempfunden war. In der Halle spielte ein Pianist Schlager aus den zwanziger und dreißiger Jahren. Und noch etwas fällt mir ein: Die Handseife im Bad roch ziemlich penetrant, jedenfalls für ein Hotel dieser Kategorie. Ich komme darauf, weil wir in jedem Urlaub die Seife der Hotels, in denen wir untergebracht waren, sammelten. Das war so ein Spleen von uns. Diese billige Hotelseife verschenkten einige der Gäste auf der Straße an Passanten. Seife, auch Kugelschreiber, waren sehr begehrt, aber wir sahen die Leute niemals darum betteln."

Camagüey, die nächstgelegene Stadt, liegt 100 Kilometer von uns entfernt. Ein Suzuki „Samurai" bringt uns mühelos dorthin. Die Stadt hat 270.000 Einwohner. Kapitän Ahabs Mannschaft, hier hat sie ihre Zuflucht gefunden, lümmelt sich auf der Plaza, John Houstons Film „Moby Dick" frisch entsprungen. Viel Arbeit für unseren Photoapparat.

„Beinahe wäre es mit dem Photographieren nichts geworden. Wir hatten nämlich nicht genügend Filme mitgenommen und den letzten bereits auf der Hinfahrt verknipst. Nach allem, was wir über die schlechte Wirtschaftslage gehört hatten, bestand wenig Hoffnung, in einer Region, wo der Tourismus noch nicht Fuß gefaßt hatte, ein solches Luxusgut wie einen Film aufzutreiben. Um so größer war unsere Überraschung, als wir in einem kleinen Photoladen Kodakfilme entdeckten, von denen wir gleich mehrere kauften, zu einem erschwinglichen Preis und, wie sich herausstellen sollte, von einwandfreier Qualität. So konnten wir doch noch nach Herzenslust photographieren. Es gab so viele herrliche Motive, die es im Bild festzuhalten galt. Da war zum Beispiel ein recht baufälliger Balkon, bestückt mit den ausgefallensten Behältern, die ich je zur Unterbringung von Topfpflanzen gesehen habe. Vom Wasserkessel bis zur Waschschüssel war so ziemlich alles vertreten. Eine Frau goß gerade die Pflanzen. Als sie uns ihren Balkon photographieren sah, eilte sie ins Zimmer und holte noch mehr solcher Kuriositäten hervor, die sie uns voller Stolz zeigte.

In Camagüey bekamen wir endlich auch einen gut erhaltenen Drei-Pesos-Schein mit dem berühmten Konterfei Che Guevaras, nach dem wir bislang vergeblich gesucht hatten. Wir erwarben den Schein für einen Dollar von einem vorbeikommenden Radfahrer, den wir aufs Geratewohl danach gefragt hatten. Bis dahin waren uns nur schmuddelige oder zerfledderte Scheine in die Hände geraten, die sich als Andenken nicht lohnten. Zufrieden mit unserem Handel gingen wir weiter und hatten uns schon ein gutes Stück weit entfernt, als wir ein wildes Geklingel vernahmen und unser Radfahrer, begleitet von zwei weiteren, hinter uns erschien. Die drei hielten alle möglichen Pesos-Noten in den Händen, die sie uns zum Kauf anboten. Mit so viel Geschäftssinn hatten wir nicht gerechnet. Wir zogen uns aus der Affäre, indem wir vorgaben, nur an neuwertigen Scheinen, und nicht an abgegriffenen, wie die ihren es waren, interessiert zu sein, worauf sie prompt auf ihren Rädern loseilten, um uns bessere zu besorgen. Als sie außer Sicht waren, machten wir uns schleunigst fort, denn wir befürchteten, bald das ganze Viertel mit Banknoten auf dem Hals zu haben.

In Camagüey war es auch, wo wir sie kennenlernten. Sie hatte uns auf der Straße angesprochen, aus keinem besonderen Grund, einfach nur so. Es war vor einem kleinen Hotel, in dem wir einen Kaffee getrunken hatten und das wir gerade verließen, als sie daran vorbeikam. Sie merkte schnell, daß wir aus Deutschland kamen, und nachdem sie sich erst auf englisch mit uns verständigt hatte, sprach sie zu unserer Überraschung plötzlich Deutsch. Sie sei ein Jahr lang in der DDR gewesen, sagte sie uns, als Austauschstudentin. In Chemnitz hatte sie angeblich einen Freund. Sie arbeitete in einer Fabrik, was ihr gar nicht zu gefallen schien. Wir nahmen sie mit nach Santa Lucia, ihr Heimatort. Auf der Fahrt diskutierte sie mit deinem Vater über Politik. Sie redeten sich die Köpfe heiß und vergaßen alles um sich herum. Ich beteiligte mich nicht an ihrer Diskussion, sondern schaute mir lieber die Gegend an. Für Politik konnte ich mich noch nie begeistern, das weißt du ja. Zum Schluß kamen sie auf die Zukunft Kubas nach

Castro zu sprechen. Sie hoffte auf einen stärkeren Handelsaustausch mit Europa, und er fragte sie, wie sie sich das in der Praxis vorstelle. Sie zählte daraufhin eine Reihe von landwirtschaftlichen Produkten auf, von denen sie überzeugt war, daß sie Kuba die dringend benötigten Devisen verschaffen würden. Man hätte nun erwarten können, daß sie dabei dem einheimischen Tabak den Vorrang gab. Aber nein, sie setzte in erster Linie auf die Ausfuhr von Kartoffeln. Er widersprach ihr natürlich aufs heftigste, weil kubanische Kartoffeln auf dem europäischen Markt nicht konkurrenzfähig wären, und merkte überhaupt nicht, daß sie ihn auf den Arm nahm.

In Santa Lucia verabschiedeten wir uns, tauschten aber zuvor noch unsere Adressen aus. Wir sollten ihr ein deutsches Wörterbuch schicken, weil sie die feste Absicht hatte, nach Deutschland zu kommen und deshalb ihre Deutschkenntnisse verbessern wollte. Wir schickten ihr von zu Hause das gewünschte Wörterbuch und dazu noch ein paar Dollars. Ein halbes Jahr später erhielten wir einen kurzen Brief von ihr, in dem sie sich bei uns für beides bedankte. Ihre Reise nach Deutschland stünde kurz bevor, teilte sie uns mit. Sie versprach, sich bei uns zu melden, sobald sie in Deutschland sei …

Auf Barhockern sitzend, lauschen wir abends den Klängen des Son und vermischen unsere Erlebnisse mit dem Inhalt unserer Gläser. Bis spät in die Nacht erwecken wir den Geist des Zuckerrohrs aus seinem siebenjährigen Eichenfaßschlummer, der schwarze Geier und rosarote Flamingos über uns kreisen läßt. Am Morgen vertreibt der durch ein Riff gezähmte Atlantik, der reich ist an bunt schillerndem Meeresgetier, das kokett vor unseren Taucherbrillen posiert, die nächtlichen Geister.

„Mein Gott, wie lange ist das her. Fast auf den Tag genau zwanzig Jahre. Es war unser letzter gemeinsamer Urlaub. Wir hatten fünfzehn glückliche Jahre, waren ein Herz und eine Seele, wie man so sagt. Vielleicht wäre alles anders gekommen, wenn ich nicht schwanger geworden wäre. Eigentlich war ich mit fünfunddreißig schon zu alt für ein Kind, und Kinder wollte er nie haben, schon gar keine Tochter. Er traf sich heimlich mit ihr. Ich war blind und habe es anfänglich nicht bemerkt. Hübsch war sie, damals jedenfalls, eine verteufelt schöne Mulattin, das muß man ihr lassen, und dazu noch jünger als ich. Dagegen kam ich nicht an. Aber was rede ich, das weißt du ja alles."

„Wann sagtest du, ist die Beerdigung?"

„In einer Woche. Wirst du mitgehen?"

„Ich weiß es noch nicht."

Die Serpentinen hinter Nuwara Eliya I

Hinter Nuwara Eliya windet sich die Straße nach Kandy in schier endlosen Serpentinen talwärts. Sattgrüne Teeplantagen überziehen die Berghänge. Es ist heiß im Reisebus, obwohl es erst zehn Uhr morgens ist. Die meisten Businsassen dösen, und nur das ruckartige Bremsen in den zahllosen Kurven verhindert, daß die vierundzwanzig Personen, ausgenommen der einheimische Reiseleiter und sein Landsmann am Steuer, fest schlafen. Die bunt gekleideten Teepflückerinnen, die da und dort am Straßenrand oder in den Pflanzungen zu sehen sind, erregen kaum noch Interesse, und ihr freundliches Winken bleibt ohne Erwiderung. Selbst Oswald, den alle Ossi nennen, hängt schläfrig in seinem Sitz; vor wenigen Minuten hat seine Stimme aufgehört zu dröhnen. Zwei Knöpfe seines Hemdes stehen über dem gelockerten Hosengürtel offen und geben einen kleinen Ausschnitt seines nackten und prallen Bauches preis, auf den ein vorwitziger Sonnenstrahl fällt.

Seit der Bus vor zwei Stunden vom Hotel abgefahren ist, hat Ossi ununterbrochen Witze erzählt und lauthals Anekdoten aus seinem Leben zum besten gegeben. Jetzt ist er müde vom vielen Reden, auch ein wenig vom Arrak, den er zusammen mit seinen Freundinnen − zwei unverheiratete Frauen in mittleren Jahren und eine etwas ältere Witwe −, getrunken hat. Ossi fährt, wie jeder inzwischen auswendig weiß, ein Müllauto in Hamburg. Vier italienische Gastarbeiter hat er unter sich, denen er keine Nachlässigkeit durchgehen läßt. Im hinteren Teil des Busses, den er für sich und seinen Harem in Beschlag genommen hat, ist er König. Welche der drei Frauen seine Favoritin ist, weiß er selbst noch nicht. Im Augenblick ordnen sie ihre Kleider und Haare, die seine kecken Hände durcheinander gebracht haben.

Der alte Süßmilch hat seine Krawatte gelockert. Wie immer trägt er, auch in der größten Hitze, einen Anzug. Von Zeit zu Zeit sackt sein Kopf vornüber, um im nächsten Moment, kaum daß sein Kinn die Brust berührt, in seine Ausgangsposition zurückzuschnellen, wie von einer unsichtbaren Rückholfeder gezogen. Vielleicht träumt er von Bangkok, Hongkong, Penang, im Anschluß an Ceylon die weiteren Ziele der dreiwöchigen Rundreise. Für seine achtzig Jahre ist er noch erstaunlich rüstig. Im Ruana Nationalpark ließ er sich wie jeder andere im offenen Geländewagen auf holprigen Pisten die Bandscheiben bei der vergeblichen Suche nach einer Elefantenherde malträtieren, und kein Weg zu einem der Hindutempel oder zu einer der Dagobas, die auf dem Programm standen, war ihm zu weit gewesen.

Der hagere Herr, der hinter ihm sitzt, beugt sich vor und fragt ihn nach der genauen Uhrzeit, aber er muß seine Frage wiederholen, bevor der Kopf des alten Süßmilch zur Ruhe kommt und er eine Antwort erhält. So forsch, wie er der Gruppe bei ihren Besichtigungen voranschreitet, dem Reiseleiter meist ein paar Meter voraus, so forsch teilt der hagere Herr seinen Hinterleuten, zwei jungen Männern, mit, daß sie mindestens zehn Minuten Verspätung hätten und nach planmäßigem Reiseverlauf eigentlich schon in der Teefabrik angekommen sein müßten. Dann greift er ins Gepäcknetz über sich nach seinem Hut, einem Südwester, dessen rechte Krempe hochgeschlagen ist und der seine Khakiuniform vervollständigt, setzt ihn auf und fährt fort, der neben ihm sitzenden Dame, der er vorübergehend seinen Fensterplatz überlassen hat, von seinem letzten Urlaub in Ostafrika zu erzählen. Sie ist ungefähr in seinem Alter, um die fünfzig, versucht aber, sich jünger zu geben, besonders mit ihrem flötenden Lachen, das sie häufig hören läßt. Ihr gerötetes Gesicht ist ihm zugewandt, und durch gelegentliches Kopfnicken oder einem plötzlichen Öffnen des Mundes gibt sie ihm zu erkennen, daß seine Worte nicht auf unfruchtbaren Boden fallen. Eine dicke Fliege findet Gefallen an ihrem geblümten Kleid und setzt oberhalb ihres wallenden Busens, am Rand des Ausschnitts, in kreisendem Flug zur Landung auf einer gelben Rose an. Sie bemerkt die Fliege und durchkreuzt deren Absicht mit heftigen Handbewegungen, die nicht nur das freche Insekt verscheuchen, sondern durch die Sitzreihen auch den üppigen Duft von Lavendel schicken, der sie in einer beständigen Wolke umschwebt.

Einer der beiden jungen Männer schaltet sein tragbares Tonbandgerät ein, das ihn wie seine Schmalfilmkamera überallhin begleitet. Der Morgen in Tissamaharama wird akustisch wiedergeboren. Das Krähen eines Hahnes ist zu hören, Geklapper von Besteck und Geschirr, dazwischen Gemurmel, aus dem die Stimme von Ossi zu vernehmen ist, der sich über sein zu hartgekochtes Frühstücksei beschwert. Im Hintergrund geben Vögel ein Galakonzert, das ein brummender Generator zu übertreffen versucht. Ein Wagen wird gestartet, der Motor stottert im Leerlauf. Der junge Mann spult das Band zurück und gibt dem Hahn Gelegenheit, noch einmal zu krähen. Sein Freund neben ihm grinst, während er im *Spiegel* einen Artikel über die jüngsten Ereignisse im Vietnamkrieg liest.

In einer Haarnadelkurve kommt der Bus an einer Schar

Kinder vorbei. Sie lachen und winken, selbst die Kleinen auf den Armen der älteren Mädchen. Aus der Schar lösen sich vier Jungen und laufen dem Bus hinterher, der sich um die Kurve quält, können aber auf der Geraden, wo er an Fahrt gewinnt, nicht mit ihm Schritt halten. Durch die Heckscheibe schauen ihnen Ossi und zwei, drei weitere Insassen auf den hinteren Plätzen kurz nach, dann machen sie es sich auf ihren Sitzen wieder bequem. Die Witwe sagt, sie habe genug von halbnackten Kindern.

Der Bus durchfährt eine Linkskurve. Rechts unten setzt sich die Straße in Schlangenlinien fort. Ungefähr zweihundert Meter entfernt rennen links vier braune Gestalten über ein brachliegendes Feld den Abhang herunter. Sie erreichen die Straße, wo sie eine S-Kurve beschreibt. Der Bus hupt, als er an ihnen vorbeifährt. Es sind die vier Jungen von eben. Sie schwenken johlend die Arme. Die Businsassen auf der linken Seite winken zurück.

Die Jungen überqueren hinter dem Bus die Straße und laufen die Böschung hinunter, zum Ende der S-Kurve, wo sie den Bus triumphierend empfangen. Nun sind es die Insassen auf der rechten Seite, die ihnen zuwinken. Ossi streckt seinen Arm aus dem hintersten Seitenfenster, in der Hand eine Rupie, mit der er die Jungen lockt wie einen Hund mit einem Stück Wurst. Sie folgen dem Bus und springen im Laufen unter dem Busfenster hoch. Obwohl der Busfahrer langsamer fährt, behält Ossi die Münze und zeigt mit ihr auf die andere Straßenseite. Die Jungen haben verstanden. Sie bleiben hinter dem Bus zurück und nehmen die Abkürzung über den gegenüberliegenden Hang.

Einem der Jungen gelingt es weiter unten, den Bus einzuholen. Von seinen drei Kameraden ist nichts mehr zu sehen. Seine Leistung findet bei allen Anerkennung.

Abermals läßt Ossi die Rupie vor den Augen des Jungen spielerisch durch seine Finger gleiten. Der Junge rennt so schnell er kann. Vierzig, fünfzig Meter ist er mit dem Bus gleichauf, dann fällt er zurück und bleibt schließlich stehen. Ossi schließt das Fenster und steckt die Rupie in seine Hosentasche.

Noch einmal dreht der junge Mann auf seinem Tonbandgerät die Zeit zurück, bevor er es unter seinem Sitz verstaut. Da, am Rande eines Eukalyptuswäldchens, taucht wie aus dem Nichts der Junge auf. Sein Atem geht schwer, Schweißperlen rinnen über sein Gesicht. Als der Bus an ihm vorüber fährt, in das Wäldchen, durch das die Straße schnurgerade verläuft, hebt er lächelnd den Arm zu einem letzten Gruß. Ossi sitzt zwischen seinen Frauen und reißt einen Witz. Die Dame im geblümten Kleid streift mit ihrem redseligen Nachbarn durch die ostafrikanische Savanne. Das Kinn des alten Süßmilch ist auf die Brust gesackt.

Die Serpentinen hinter Nuwara Eliya II

Serpentine auf Serpentine schlängelt sich der Kleinbus hinter Nuwara Eliya die Straße hinunter nach Kandy. Teegarten reiht sich an Teegarten. Es ist erst zehn Uhr morgens, und doch brennt die Sonne schon heiß vom Himmel, aber dank der Klimaanlage ist es im Wagen angenehm kühl.

Der Reiseleiter erklärt, daß das Hochland vor hundert Jahren noch weitgehend von tropischem Regenwald bedeckt gewesen sei, in den sich allenfalls buddhistische Mönche und britische Großwildjäger verirrten. Mit einer weitschweifigen Handbewegung zeigt er auf das fast nahtlos mit hüfthohen Teesträuchern bewachsene Bergland. In den Senken hängen milchige Schleier – letzte Reste des Morgennebels, der vor zwei Stunden die Landschaft in Watte packte und selbst die hoch aufragenden Zedern vor dem Hotel nur erahnen ließ. Nachdem er als nächsten Programmpunkt den Besuch einer Teefabrik angekündigt hat, legt der Reiseleiter das Mikrophon aus der Hand und nimmt wieder auf dem Beifahrersitz Platz.

Seit vier Tagen ist er mit der Gruppe aus Deutschland unterwegs. Ob er verheiratet sei und Kinder habe, fragten sie ihn gestern beim Abendessen. Er erzählte ihnen von seiner Frau und seinem fünf Monate alten Sohn. Sie wünschten, seine Familie persönlich kennenzulernen, und waren entzückt, als er sie zu sich nach Hause einlud. Sein Heimatort liegt auf der heutigen Route. Gegen Mittag werden sie dort sein.

Der langhaarige Mann mit den Dutzend Freundschaftsbändern am linken Handgelenk reicht dem jungen
Paar, das vor ihm sitzt, seinen Reiseführer über Sri Lanka.
Die Frau hat einen Bürstenschnitt, ihr Partner eine Halb-
glatze; sie trägt eine blaue Latzhose, ein verwaschenes T-
Shirt von unbestimmter Farbe und breite Gesundheits-
schuhe, er eine ausgebeulte helle Leinenhose, ein kurzär-
meliges Hemd ohne Kragen und braune Sandalen. Sie
schlagen das Kapitel „Natur und Wirtschaft" auf, das
durch ein Eselsohr markiert ist.

Frau Berthold vor ihnen − 50? 60? − niest. Sie
schneuzt in ein Papiertaschentuch und macht, wie immer,
wenn sie niesen muß, die Klimaanlage des Wagens für ihre
Erkältung verantwortlich. Am Mittelfinger ihrer linken
Hand, mit der sie das Taschentuch zerknüllt, funkelt der
goldgefaßte Saphir, den sie in Colombo in einem Juwe-
lierladen kaufte. Vor einer halben Stunde hat sie beim Besuch eines Kindergartens an die tamilischen Kinder Bon-
bons und Buntstifte verschenkt. Jetzt bleibt sie als einzige
auf ihrem Platz sitzen, als der Kleinbus überraschend an-
hält und alle anderen aussteigen, um sich zwanzig, dreißig
Teepflückerinnen − bunte Farbtupfer in einem Teegarten
unweit der Straße − aus der Nähe anzuschauen.

Wolfgang erklimmt mit weit ausgreifenden Schritten
die Böschung und schwenkt, oben angekommen, mit seiner Videokamera über die Szene. Eine der nächststehen-
den Pflückerinnen wendet sich ab, die anderen setzen,
ohne aufzuschauen, ihre Arbeit fort, während Wolfgang
sie filmt. Wolfgang hält alles im Bild fest: Folkloretänze,
blinde und beinlose Bettler, betende Hindus, Elefanten im
Großstadtverkehr und, wenn möglich, morgen im Tempel
von Kandy einen Zahn Buddhas. Unterhalb von ihm un-
terhalten sich das junge Paar und der langhaarige Mann

26

mit den Dutzend Freundschaftsbändern über die schlechtbezahlte Akkordarbeit der Teepflückerinnen. Die kleine, rundliche Frau, die unter ihrem ausladenden Strohhut fast verschwindet, mischt sich ein und sagt, sie habe auf ihren Reisen noch viel ärmere Menschen gesehen und bringt ein beeindruckendes Beispiel aus Peru, bevor sie ein Foto nach dem anderen macht.

Im Wagen schaut sich Wolfgang auf seiner Videokamera noch einmal die Pflückerinnen bei der Arbeit an. Ob sie sich die Aufnahmen einmal anschauen möchte, fragt er Frau Berthold, die ihn von der Seite beobachtet. Sie sagt ja und nimmt Wolfgangs Kamera. Sie ist verblüfft, daß die Pflückerinnen so nah zu sehen sind. Die kleine, rundliche Frau und ihre drei Gesprächspartner pilgern unterdessen von einem Elendsviertel der Welt zum anderen. Der Fahrer legt eine Kassette ein; aus den Lautsprechern erklingt leise Bruce Springsteens *The Streets of Philadelphia*.

Wolfgang bemerkt als erster die beiden Jungen, die dem Kleinbus von weitem entgegenlaufen; sie halten Blumensträuße in den Händen, die sie gut sichtbar in die Höhe halten. Wolfgang bittet Frau Berthold um seine Videokamera und tauscht mit ihr den Platz. Der Reiseleiter sagt, daß die Jungen mit dem Verkauf der Blumen den Verdienst ihrer Familien aufbessern, und als der Kleinbus an ihnen vorüber kommt, folgt ihnen Wolfgang mit surrender Kamera, bis der Wagen um eine scharfe Kurve fährt und sie außer Sicht sind. Der Reiseleiter fragt, ob jemand einen Blumenstrauß kaufen möchte, denn die Jungen würden ihnen, indem sie querfeldein liefen, gleich wieder begegnen. Frau Berthold und die kleine, rundliche Frau sind sofort hellauf begeistert, dann auch das junge Paar und der langhaarige Mann mit den Dutzend Freundschaftsbändern.

Nach einer weiteren Kurve hält der Kleinbus vor den Jungen an, die am Straßenrand stehen und ihn bereits erwarten. Sie bedrängen die Fremden, die nacheinander den Wagen verlassen. Im T-Shirt des größeren Jungen klafft unter dem Markenzeichen, einem grünen Krokodil, ein handtellergroßes Loch. Jeder hätte gern einen Blumenstrauß, aber das Angebot reicht nicht für alle. Das junge Paar gibt zu bedenken, daß die Blumen ohne Wasser unterwegs verwelken würden. Man einigt sich, daß alle zusammenlegen und einen Strauß als Gastgeschenk für die Frau des Reiseleiters kaufen. Frau Berthold streckt die Summe vor und zahlt von sich aus für den Strauß dreimal so viel, als der größere Junge verlangt hat.

Der Reiseleiter bedankt sich bei Frau Berthold für den Blumenstrauß und legt ihn vor sich auf die Ablage. Wolfgang filmt vom Rücksitz aus die Jungen, die dicht beisammen stehen und das Geld zählen, während sie kleiner und kleiner werden. Die kleine, rundliche Frau winkt ins Leere.

Der Pilot

Er arbeitete in einem Strandhotel südlich von Mombasa. Zu seinem Dorf in den Taita Hills war es mit dem Sammeltaxi eine Tagesreise. Während der Hauptsaison hatte er kaum Gelegenheit, nach Hause zu fahren, und in den seltenen Fällen, in denen er frei bekam, mußte er die letzten zehn Kilometer zu Fuß durch ein Gebiet zurücklegen, in das hin und wieder Löwen vom angrenzenden Tsavo Nationalpark hinüber wechselten. Er war christlich erzogen worden und vertraute in allen Dingen auf Gott. Seine Figur war die eines Athleten, sein Lächeln das eines unschuldigen Kindes. Er hieß Douglas Igacho Kirigha. Wir hatten ihn morgens im Speisesaal kennengelernt, wo er für die Hotelgäste über einem offenen Feuer Spiegeleier und Omeletts zubereitete, und ihn zwei Jahre später wieder getroffen.

Wir unterhielten uns an der Bar mit ihm. Douglas mochte die Deutschen. Sie seien sehr freundlich, sagte er. Über ihr Land hatte er viel gehört. Die meisten Spieler von Bayern München kannte er mit Namen, und er summte uns das Lied „Warum ist es am Rhein so schön" vor, weil er glaubte, uns damit eine Freude zu machen. Daß Deutschland wieder geeint war, berührte ihn, als wäre er davon persönlich betroffen. Er fragte uns, ob Berlin größer als Nairobi sei und ob es dort eine Untergrundbahn gebe. Ich stellte zwischen beiden Städten einige Vergleiche an, aber das wenigste von dem, was ich sagte, begriff er. Er hatte Nairobi noch nie mit eigenen Augen gesehen. Als ich ihm erklärte, daß auch bei uns das Geld nicht auf der Straße liege, glaubte er, ich hätte einen Witz gemacht.

In seiner Familie war er der einzige mit einem festen Einkommen, und sein schmales Gehalt wurde von seinen zahlreichen Verwandten fast vollständig aufgezehrt. Was ihm von seinem Verdienst übrigblieb, sparte er für den Bau eines Hauses. Seine Braut gehörte wie er zum Stamm der Taita und war auf den Namen Hulda getauft. Sie durften erst heiraten, wenn er ein eigenes Heim besaß. So wollte es die Stammessitte. Er bedankte sich überschwenglich für das Geld, das wir ihm gegeben hatten und erzählte uns, er habe es für den Kauf von Hohlblocksteinen und Zement verwendet, so daß er nun endlich mit dem Bauen beginnen könne. Er bemerkte, daß unsere Gläser leer waren und fragte:

„Noch zwei Hallelujah?"

„Meinetwegen, bring uns noch zwei", antwortete ich. „Aber tue uns den Gefallen, Douglas, und sprich nicht von Hallelujah, wenn du Bier meinst, auch wenn das unter unseren Landsleuten hier so üblich ist."

Er ging zu der Kühltruhe am Stamm des riesigen Baobab und holte aus ihr zwei Flaschen Bier, während wir uns die Skizze betrachteten, die er mit einem Kugelschreiber auf eine Papierserviette gezeichnet hatte. Sie zeigte die Umrisse seines künftigen Hauses, das in drei annähernd gleich große Räume unterteilt war und nach unseren Maßstäben einer größeren Hütte entsprach.

Er kam mit zwei Flaschen Tusker Premium zurück und sagte: „Zwei Hallelujah, extra kalt." Er schenkte das Bier in unsere Gläser und fuhr fort: „Hier werde ich mit Frau und Kindern wohnen. Dies ist die Wohnküche, das der Schlafraum und dahinter der Stall für die Ziegen", wobei er auf die Skizze deutete und stolz hinzufügte: „Das Dach wird aus Wellblech sein."

Wir versicherten ihm, daß es ein sehr schönes und solides Haus werden würde und mußten ihm versprechen, zu seiner Heirat zu kommen.

Am Tag unserer Abreise stand er in einer Reihe mit anderen Angehörigen des Personals im Garten des Hotels und nahm die Instruktionen des Hotelmanagers, einem Inder, entgegen.

Douglas schrieb uns noch mehrere Male. Seine Briefe waren an seine Glaubensbrüder im Ausland gerichtet. Er hatte beschlossen, Pilot zu werden und benötigte für die Ausbildung fünftausend Dollar. Bei seinem ersten Flug wären wir seine Gäste, teilte er uns mit. Das letzte, was wir von ihm hörten, war, daß man ihn gefeuert hatte, weil er eingeschlafen war, als er mit Pfeil und Bogen als Nachtwächter Dienst tat.

Reise zum Mittelpunkt der Ferne

Frank war Bankkaufmann und arbeitete in der Auslands-
abteilung einer Bank, als Gruppenleiter. Er war achtund-
dreißig Jahre alt und einmal ein guter Amateurfußballer
gewesen, aber das sah man ihm nicht mehr an, selbst in
Freizeitkleidung nicht. Er wirkte schwerfällig und hatte
bereits einen leichten Bauch. Claudia, seine Frau, war
sechs Jahre jünger als er, hatte Betriebswirtschaft studiert
und ihr Studium nach vier Semestern abgebrochen. Danach bewarb sie sich bei einer Bank, derselben, in der
Frank arbeitete. Sie erhielt die Stelle und kam nach der
Probezeit in Franks Abteilung. Ihre Geschäftsvollmacht
erstreckte sich bis zu einer Viertelmillion; was darüber
hinausging, mußte sie Frank zur Kontrolle vorlegen. So
hatten sie sich kennengelernt. Ein Jahr später heirateten
sie.

Claudia wurde bald schwanger. Sie freuten sich sehr auf
ihr Kind. Nach sechs Monaten kam es tot zur Welt. Danach wollte Claudia kein Kind mehr, aber Frank wollte
immer noch ein Kind von ihr. Claudia arbeitete weiter in
der Bank, aber nur noch den halben Tag und nicht mehr
in Franks Abteilung. Sie war immer noch eine gutausse-
hende Frau. Nach acht Ehejahren war es ihr erster größe-
rer Urlaub. Sie hatten sich für ein Hotel an der Diani
Beach in Kenia entschieden. Es war im Stil eines afrikanischen Dorfes erbaut und gut bewacht. Sie verließen es für
einen Tag, um Land und Leute zu erkunden. Den Ausflug
hatten sie bei Abercrombie & Kent gebucht.

Ben arbeitete bei Abercrombie & Kent und war der Führer ihrer elfköpfigen Reisegruppe. Er war ein Kamba, um die dreißig, pechschwarz, groß und kräftig. In seinem weißen Leinenanzug sah er aus wie ein Arzt, und so benahm er sich auch, ein wenig herablassend und freundlich zugleich. Neben Suaheli sprach er auch Englisch und Deutsch. Seit vier Jahren führte er ausländische Touristen in die Dörfer der Küstenregion. Erst waren es Engländer, dann Deutsche, denen er das Leben der Einheimischen zeigte. Sein Chef in Mombasa hielt große Stücke auf ihn. Ben waren zwei Fahrer zugeteilt, Digos von der Küste, die die beiden wie Zebras gestreiften Nissan-Kleinbusse fuhren. Und dann noch ein Junge, ein Digo wie sie, der für die Erfrischungen und das Picknick zuständig war.

Claudia mochte Ben vom ersten Augenblick an. Sie mochte die Art, wie er sie begrüßte, mit fester Stimme „Jambo" sagte und ihr die Hand gab, die zart und kalt war. Sie mochte es, wie er ihnen in Ugunda voranging, vorbei an den Obst- und Gemüseständen, den Buden, in deren offener Auslage geschlachtete Tiere hingen oder Kleider, neue und alte, ausgelegt waren, wie er hier und da stehenblieb und die ausliegenden Waren anpries, als gehörten sie ihm. Die Marktfrauen und Verkäufer grüßten ihn freundlich und waren zuvorkommend zu ihm, und wenn sie bei ihnen eine Kleinigkeit kauften, verabschiedeten sie sich noch freundlicher von ihm. An einem Stand mit Holzschnitzereien nahm er sie beiseite und riet ihr vom Kauf eines Elefanten aus Ebenholz ab, den ihr ein Händler anbot.

„Es ist nur gewöhnliches Holz", sagte er ihr, „mit Schuhcreme geschwärzt und innen mit Sand gefüllt. Du nimmst besser das braune Nashorn, es ist aus echtem Mahagoni."

Daß Ben sie duzte, war nichts Besonderes, denn er duzte sie alle, aber nur ihr gab er einen Tip. Das war nett von ihm, und sie kaufte das braune Mahagoninashorn.

Hinter Ugunda kamen sie zu einem brachliegenden Feld, auf dem sie unter einem Mangobaum um Ben einen Kreis bildeten. „Schaut her", sagte er und hielt einen Zweig hoch. „Die Rinde dieses Zweiges stoßen wir zu Pulver, mit dem wir unsere Zähne putzen." Er entblößte seine tadellosen weißen Zähne, damit sie sich überzeugen konnten, wie das Pulver wirkte. Sie könnten es nachher, wenn sie zurück an den Autos wären, bei ihm kaufen und noch vieles mehr. Die Natur liefere ihnen alles, ganz umsonst, sagte er, und zeigte ihnen ein Dutzend weiterer Pflanzen und erklärte ihnen wofür sie nützlich waren. Die meisten waren ihnen unbekannt. Gegen jede Krankheit gab es ein Mittel. Auch eine Knolle, die Krebs vorbeugen sollte, war darunter.

„Ist das nicht fabelhaft?" sagte Claudia zu Frank. „Sie haben sogar ein Mittel gegen Krebs!"

Frank sagte nichts. Er ließ sie stehen und ging zu einer am Feldrand stehenden Akazie, auf der sich ein Glanzstar niedergelassen hatte. Es war ein sehr schöner Vogel, mit buntem Gefieder und Flügeln, glänzend wie Stahl. Er wollte ihn fotografieren, aber eine Wolke schob sich vor die Sonne, und die Farben verblaßten. Er wartete, bis die Wolke vorübergezogen war, und als das Gefieder des Stars wieder in der Sonne erstrahlte und er seine Kamera auf ihn richtete, hörte er Claudia rufen: „Frank, das mußt du dir ansehen!" Der Glanzstar flog davon, und Frank kam ohne ein Foto von ihm zurück.

„Sieh nur", sagte Claudia und gab Frank ein rauhes Blatt. „Ben sagt, mit solchen Blättern schleifen hier die Holzschnitzer ihre Masken und Figuren."

Frank rieb das Blatt zwischen seinen Fingern und strich es über seinen Handrücken. Es kratzte ein wenig auf der Haut; das war alles.

„Von mir aus glaub, was du willst", sagte er. „Aber verschone mich mit diesem Unsinn."

Er ließ das Blatt achtlos fallen, und Claudia hob es auf und verwahrte es in ihrer Handtasche. Warum mußte er ihr alles verderben und so schroff sein, dachte sie. Hoffentlich hat Ben nichts bemerkt.

Dann gingen sie zurück zu den beiden Kleinbussen. Dort kaufte Claudia bei Ben ein Stückchen von der Knolle, die Krebs vorbeugte, und das Pulver zum Zähneputzen und eine Haartinktur und eine Salbe und noch eine, und zum Schluß waren es an die zehn Tütchen, Fläschchen und Tübchen mit Naturerzeugnissen, die sie erwarb, nicht mitgerechnet die Hautcreme, die das Altern der Haut verzögerte und die ihr Ben schenkte.

Sie stiegen in den Wagen, in dem Ben saß, und fuhren weiter zu einem Steinbruch. Auf dem schmalen Schotterweg kamen ihnen zwei Frauen entgegen. Die ältere der beiden hatte ein offenes Bein, und die jüngere führte sie am Arm. Sie fuhren im Schrittempo an ihnen vorbei. Frank stieß Claudia an und deutete auf die Frau mit der Wunde am Bein.

„Ach, wie schrecklich!" sagte Claudia, als sie das kranke Bein der Frau sah.

„Hast du nicht eine deiner Salben für die Frau?" fragte Frank.

„Warum bist so gehässig?"

„Ich bin nicht gehässig."

„Doch, das bist du!"

„Ich meinte nur, daß deine Wundermittel offenbar nicht alle Krankheiten heilen", sagte Frank.

Claudia beugte sich zu Ben vor, der neben dem Fahrer saß. „Was hat die Frau?" fragte sie ihn.

„Nichts Schlimmes. Das heilt von selbst", sagte Ben.

Claudia lehnte sich zu Frank zurück. „Hast du gehört", sagte sie, „es ist gar nichts Schlimmes."

Nach einer halben Stunde erreichten sie den Steinbruch. In der Nähe des Weges, auf einer Blöße im Busch, nicht größer als ein Tennisplatz, lösten zwei schwarze Arbeiter mit Hacke und Buschmesser das poröse Gestein vom Boden. Beide Männer waren barfuß und nur mit kurzen Hosen bekleidet. Ihre schweißnassen Körper glänzten in der fast senkrechtstehenden Mittagssonne.

Niemand stieg aus.

Claudia war enttäuscht. Sie hatte sich den Steinbruch anders vorgestellt, vermißte große Lastwagen, Bagger und Preßlufthämmer, und eine Sprengung mit Dynamit war schon gar nicht zu erwarten. Die beiden Männer schauten noch nicht einmal zu ihnen herüber, als wären die Kleinbusse für sie gar nicht vorhanden.

„Wir stehen hier auf einem alten, toten Riff", sagte Ben. „Aus ihm gewinnen wir Kalksteine. Auf zwanzig große Quader bringen es die zwei Arbeiter am Tag."

„Wieviel erhalten sie dafür?" fragte ihn Frank.

„Drei Schilling pro Stein, abzüglich eines halben, der an den Pächter des Grundstücks geht."

„Also fünfundzwanzig Schilling für jeden. Das ist wenig. Es reicht gerade für zwei, drei Bier."

„Sie geben ihr Geld aber nicht für Bier aus", sagte Ben. „Es sind Moslems."

„Das ändert nichts", sagte Frank.

„Ist das denn so wichtig?" sagte Claudia. „Was ist mit dem Picknick? Langsam bekomme ich Hunger."

„Keine Sorge", sagte Ben, „wir machen bald Rast."

Auf einer von Büschen und niedrigen Bäumen bestandenen Anhöhe, die sanft zur Küste hin abfiel und weiter unten in eine Ebene überging, machten sie nach kurzer Weiterfahrt halt. Auf der Kuppe war eine freie Grasfläche, hinter ihr dichter Wald. Der für das Picknick zuständige Junge breitete auf dem Boden eine Bastmatte aus und stellte auf sie Teller und Besteck, Getränke und Speisen, die er aus einem der Kleinbusse geholt hatte. Dabei schwappte ihm etwas Fruchtsaft auf die Hände, die er an seinem verwaschenen T-Shirt, auf dem noch schwach der Name eines englischen Fußballclubs zu erkennen war, abwischte. Dann ließen sie sich im Gras um die Bastmatte nieder, und Claudia setzte sich neben Ben.

„Was möchtest du essen?" fragte er sie.

„Das überlasse ich dir."

Ben legte auf einen Teller eine dicke Scheibe kalten Braten, einen Hähnchenschenkel, ein hart gekochtes Ei, eine Tomate und ein Stück Honigmelone. Er reichte ihr den vollen Teller zusammen mit einem Schälchen Gurkensalat und zwei Scheiben Weißbrot.

„Köstlich!" sagte Claudia, die Augen verdrehend, als sie die Tomate aß. „Solche Tomaten gibt es bei uns nicht."

Der Junge erschrak und sah Ben fragend an. Ben übersetzte es ihm in Suaheli, und das Gesicht des Jungen hellte sich auf.

Frank erhob sich von seinem Platz.

„Wo willst du hin?" fragte ihn Claudia.

„Mir die Beine vertreten", sagte Frank.

„Willst du nichts essen?"

„Später vielleicht."

Als Frank zurückkam war alles abgeräumt und die Wagen waren zur Abfahrt bereit. Es war von dem Essen noch genug übrig, und Frank bat den Jungen um etwas kalten Braten und Brot. Der Junge gab ihm beides. Frank stieg ins Auto, klappte das Brot mit dem Braten zusammen und aß es während der Fahrt.

Danach besuchten sie ein kleines Dorf. Sie wurden von neugierigen Kindern und buntscheckigen Ziegen empfangen. Sie ließen die Kinder und Ziegen hinter sich und besichtigten das Dorf. Vor einer der Hütten saß eine Frau, die mit einem Holzstampfer die Milch in einem hohlen Flaschenkürbis zu Butter schlug. Eine andere Frau pumpte am Dorfbrunnen Wasser in einen Eimer und ging, nachdem sie ihn bis zum Rand gefüllt hatte, stolz mit ihm davon.

„Diesen Brunnen", sagte Ben, „gibt es erst seit letztem Jahr. Er ist eine große Erleichterung für die Frauen. Davor mußten sie das Wasser täglich von einer weit entfernten Wasserstelle holen. Das war anstrengend und kostete viel Zeit."

„Und wo kaufen die Frauen ein, Frank?" fragte Claudia. „Ich sehe nirgendwo ein Geschäft."

„Was hat das mit dem Brunnen zu tun?"

„Nichts. Ich möchte es einfach nur wissen."

„Warum fragst du mich?" sagte Frank. „Wenn dir das so wichtig ist, frag Ben, er weiß alles."

Claudia fragte Ben nicht.

Jetzt gingen sie zum Dorfplatz. Frank blieb zurück und sah ein paar Jungen zu, die mit einem abgenutzten Lederball Fußball spielten. Der Ball rollte zufällig auf ihn zu. Er stoppte ihn mit dem Fuß und zeigte den Jungen ein paar Tricks. Dann kickte er den Ball zu ihnen zurück, und alle versuchten, seine Tricks nachzumachen. Er lachte und schaute ihnen noch eine Weile zu, bevor auch er zum Dorfplatz ging.

Ein kleines Mädchen schloß sich ihm an. Es sah

hübsch aus in seinem bunten, knielangen Kleid. Seine Haare waren hochgesteckt und zu Zöpfchen geflochten. Es ging an seiner Seite und streichelte seine Hand. „Please, give me some sweet", sagte es. Er dachte an Bens Worte, bettelnden Kindern nichts zu geben, weil sie sich sonst das Betteln angewöhnten. Aber das Mädchen schaute ihn flehend an und wiederholte seine Bitte. Er hatte nur ein angebrochenes Päckchen Kaugummi bei sich, das er dem Mädchen gab. Es blickte glückselig zu ihm auf.

„Da bist ja endlich", sagte Claudia, als Frank ankam und sich neben sie setzte. „Wo warst Du so lange? Ben hat uns inzwischen dem Dorfvorsteher vorgestellt. Da hinten steht er, der Alte in dem blauen Batikhemd. Er hat zwei Frauen und zehn Kinder. Neben ihm, das ist die jüngere, die mit dem Säugling auf dem Arm. Es ist ihr erstes Kind. Sie ist noch recht ansehnlich, aber ich möchte nicht wissen, wie die ältere aussieht."

„Kinder sind ihnen eben wichtig", sagte Frank.

„Fang nicht damit an."

„Wieso?"

„Das weißt du ganz genau!"

Das muß ich mir nicht gefallen lassen, dachte Claudia. Es reichte ihr, daß der Dorfvorsteher sie gefragt hatte, ob sie Kinder habe. Keines, hatte sie verlegen geantwortet und war rot geworden, weil er die Stirn runzelte und man ihm ansah, was in seinem Kopf vorging. Sie war froh, daß Ben ihr zu Hilfe gekommen war und ihm gesagt hatte, sie wäre schwanger. Der Alte sagte anerkennend „Oh" und taxierte sie nicht mehr als wäre sie eine Kuh, die kein Kalb bekommen kann. Aber sie behielt es für sich.

„Gut", sagte Frank, „reden wir nicht davon."

In der Mitte des Dorfplatzes, um den sie und die Dorfbewohner standen oder saßen, war ein schwarzes Hündchen, das schwanzwedelnd seinen Schatten betrachtete. Das Hündchen war ausgewachsen, aber nicht größer als die Hühner, die um es herum im Sand scharten. Frank machte von ihm und den Hühnern ein Foto.

Gegenüber führte ihnen ein Dörfler vor, wie man hier Kokosnüsse öffnete. Er bohrte dazu einen kurzen Speer vor sich in die weiche Erde, mit der Spitze nach oben, und spießte auf ihn eine reife Kokosnuß, die er auf ihm ruckartig um ihre eigene Achse drehte, sie zwischendurch hoch und runter zog, bis die ledrige Außenschale säuberlich Stück für Stück abgelöst war und der braune, faserige Kern zum Vorschein kam. Er nahm die Nuß, hieb sie mit seinem Buschmesser auf, setzte sie an seine Lippen und tat so, als ob er einen Schluck des milchigen Kokoswassers trinken wollte.

Die geöffnete und geschälte Kokosnuß war nun zu kaufen.

„Könntet ihr das auch?" fragte Ben in die Runde. „Wer von euch will es mal versuchen? Wie sieht's mit dir aus?"

Ben deutete auf Frank.

„Ja, tu uns den Gefallen, Frank!" rief Claudia und gab ihm, um ihn zu ermuntern, mit der flachen Hand einen Klaps auf den Rücken.

Frank hatte nicht die geringste Lust. Er haßte solche Späße, und Claudia wußte das. Aber er wollte nicht kneifen, nicht vor aller Augen. Er raffte sich widerwillig auf, ging hinüber zu dem Dörfler und ließ sich von ihm eine Kokosnuß geben. Er versuchte sie mit dem Speer zu schälen, so wie er es bei ihm gesehen hatte, aber es gelang ihm nicht, sosehr er sich auch bemühte. Die Nuß glitt immer wieder ab, und zweimal fiel sie ihm vor die Füße. Zum Schluß hatte er die äußere Schale gründlich zerfetzt, ohne sie abzulösen. Das Gelächter ringsum war nicht zu überhören. Der Dörfler nahm grinsend eine neue Kokosnuß und machte es ihm noch einmal vor. Frank war nahe daran, ihn im Gegenzug aufzufordern, den Film in seiner Kamera zu wechseln, damit er sich genauso blamierte wie er. Aber er ließ es. Er ging über den Platz zurück und setzte sich wieder zu Claudia.

„Bist du nun zufrieden?" fragte er sie.

„Was kann ich dafür, daß du dich so ungeschickt angestellt hast?"

Abschließend trugen junge Männer und Frauen, federngeschmückt und halb nackt, traditionelle Tänze unter dem Tamtam von Trommeln vor.

„Ben hat mir gesagt, sie legten viel Wert auf ihre Bräuche", sagte Claudia.

„Ja, vor allem wegen der Touristen", sagte Frank. „Sobald wir fort sind, werden sie wieder europäische Kleidung tragen."

„Na wenn schon. Es macht doch Spaß, ihnen zuzusehen. Du verstehst das eben nicht, weil du dich noch nie fürs Tanzen begeistern konntest. Ich würde am liebsten mittanzen."

„Da mußt du dich beeilen. Dein Freund Ben drängt bereits zum Aufbruch."

Sie verließen das Dorf und machten sich auf den Weg zu einer Schule. Die Schule lag zwischen zwei Dörfern in einem Wald. Ein breiter, mit weiß gekalkten Feldsteinen gesäumter Kiesweg führte zwischen einem gepflegten Rasen zu den eingeschossigen Schulgebäuden, vor denen sich die Schüler, Jungen und Mädchen verschiedenen Alters, aufhielten. Sie trugen braune Schuluniformen. Der Rektor der Schule, ein älterer Herr, empfing sie vor dem Hauptgebäude. Er lud sie zu einem Rundgang durch die

Schule ein. Sie gingen mit ihm in eines der langgestreckten Nebengebäude, die das Hauptgebäude flankierten. Die Klassenzimmer darin waren leer, und die Türen zu ihnen standen offen. Eines der Klassenzimmer betraten sie. An der Kopfwand des Klassenzimmers hing eine große schwarze Schiefertafel, auf der mit Kreide Vokabeln in Suaheli und Englisch geschrieben waren. Vor der Tafel und dem Lehrerpult reihten sich die hölzernen Schultische und Stühle, und auf dem staubigen Boden lag zerknülltes Papier.

Der Rektor sprach von Fortschritt, von steigender Schülerzahl und von fehlenden Mitteln.

Claudia hatte sich an einen der Tische gesetzt und las, das Kinn auf eine Hand gestützt, die Vokabeln, die untereinander auf der Tafel standen, links die in Suaheli, die alle mit dem Buchstaben a anfingen, rechts, durch einen Gedankenstrich getrennt, ihre englische Übersetzung. Sie ging die Reihe von oben nach unten durch und blieb an dem Suaheli-Wort „ashiki" hängen. Daneben stand in Englisch: „passion, love". Leidenschaft, Liebe. Beides bedeutete ihr viel. Sie dachte an sich und Frank, und sie dachte an Ben.

Der Rektor beendete seinen Vortrag und verließ das Klassenzimmer, um den Rundgang fortzusetzen. Einer nach dem anderen schloß sich ihm an, bis auf Ben, der zu Claudia ging, die noch immer an einem der Tische saß.

„Komm", sagte er, „wir müssen weiter."

„Bitte, setz dich zu mir", sagte sie. „Nur für einen Augenblick."

Ben zog einen Stuhl heran und setzte sich neben sie. Claudia fragte ihn, ob er verheiratet sei und Kinder habe. Er verneinte beides. Dann gestand sie ihm etwas. Es dauerte länger als einen Augenblick. Nachdem sie es gesagt hatte, lächelte Ben sie an, und sie dachte: Wenn er jetzt seinen Arm um mich legen würde, ich würde es zulassen.

Als der Schülerchor zum Abschied das Lied „Jambo, Jambo Bwana" sang, standen Claudia und Ben nebeneinander. Es war ein bekanntes Lied. Man hörte es in den Hotels, man sang es auf den Safaris. Aber so schön hatte es Claudia noch nicht gehört. Eine Schülerin ging unterdessen mit einem Körbchen herum und sammelte Spenden für die Schule. Frank spendete mehr als alle anderen zusammen.

Danach fuhren sie in ihr Hotel zurück. Claudia und Ben saßen vorn neben dem Fahrer, hinter ihnen saß Frank. Er hatte seine Kamera auf dem Schoß und entfernte mit einem kleinen Haarpinsel den Staub vom Objektiv. Claudia summte die Melodie des Liedes „Jambo, Jambo Bwana". Ihre Hand ruhte auf Bens Oberschenkel.

Wildpferde am Elefantenkopf

Die Ameib Ranch liegt abseits einer durch Halbwüste, Grasland und Baumsavanne führende Hauptstraße, die das zentrale Namibia und die Hauptstadt Windhoek mit Swakopmund an der Atlantikküste verbindet. Bei Usakos zweigt eine staubige Schotterstraße zu ihr und den Ausläufern des Erongogebirges ab, der die wenigen Reisenden, die die Gästefarm zum Ziel haben, folgen und die sie – angelockt von den Sehenswürdigkeiten in ihrem Umkreis – nach einer etwa vierzigminütigen Autofahrt erreichen, sofern das ausgetrocknete Bachbett, das die Piste kreuzt, sich nicht nach heftigen Regenfällen kurzzeitig in einen reißenden, unpassierbaren Sturzbach verwandelt hat.

Wer an diesem entlegenen Ort Station macht, und sei es auch nur auf der Durchreise zum Caprivizipfel und den angrenzenden Wildschutzgebieten in Botswana, will die gigantischen Granitmonolithen von Bull's Party, die Buschmannzeichnungen in der Phillipsgrotte und den Elefantenkopf sehen – ein hoher Fels, der, wie sein Name andeutet, dem Kopf eines Elefanten ähnelt und von dessen Spitze aus man einen grandiosen Ausblick auf die karge, unbesiedelte Landschaft genießt. An den zwei kleinen Stauseen unweit des Gästehauses sind nicht nur Wasservögel zu beobachten, sondern auch größeres Wild, das hier zur Tränke kommt, vor allem bei Trockenheit. Die Besitzerin der Ranch, eine ältere Dame mit deutschen Wurzeln, hat zusätzlich weitläufige Gehege anlegen lassen, in denen einheimische Tiere zu sehen sind: Bergzebras und Bleßböcke, Elefanten und Geparde … Das schwarze Personal sorgt für das Wohl der Tiere und das der Gäste.

Die Unterkünfte, rund ein Dutzend kleiner Bungalows für jeweils zwei Personen, bieten wenig Komfort; nur zwei verfügen über eine Klimaanlage, die anderen sind mit alten, quietschenden und stotternden Drehventilatoren ausgestattet, die den Gast nachts vor die Wahl stellen, entweder sich nicht an ihrem Lärm zu stören oder bei ihrem Verzicht die Hitze im Zimmer heroisch zu ertragen. So oder so ist es schwer, Schlaf zu finden, besonders nach einem Gewitter, wenn die Erde dampft und die Zimmer zur Sauna werden.

An einem solchen Tag zog ich es vor, den Abend im Haupthaus zu verbringen, bis sich die schwülheiße Luft etwas abgekühlt hätte. Ich saß allein im Foyer unter einem großen Ventilator, der sich bedächtig über mir drehte und den Aufenthalt erträglich machte, während aus den hinteren Räumen die Stimmen des Personals, das sich in der Sprache der Herero unterhielt, zu hören waren und draußen vor der Blumen gesäumten Veranda ein Pulk von Insekten orientierungslos eine Lampe umflatterte, gefangen in ihrem Licht. Vor mir lagen auf einem niedrigen Tisch mehrere Zeitschriften, von denen ich eine in die Hand nahm und in ihr blätterte. Es war ein deutschsprachiges Magazin, in dem ich auf den ersten Teil einer Erzählung stieß, von der das Blatt vier Fortsetzungen versprach. Wer sie geschrieben hatte, konnte ich nicht feststellen, weil auf der Anfangsseite, wo vermutlich der Name des Autors stand, oben ein Stück herausgerissen war. Wie dem Vorwort zu entnehmen war, handelte die Erzählung von den letzten europäischen Wildpferden, von denen einige wenige Exemplare noch bis zum 19. Jahrhundert in der Ukraine lebten. Ich erinnerte mich, in einem Buch von

Bernhard Grzimek schon einmal etwas über das Schicksal dieser Tiere gelesen zu haben. Ich begann mich für die Geschichte zu interessieren. Und so las ich:

Schweigende Hufe

Bodennebel lag über der weiten Ebene. Gierig saugte der spärliche Pflanzenwuchs die Feuchtigkeit aus der Luft, so als hätte jedes Blatt und jeder Halm von der Hitze des anbrechenden Tages gewußt. An den Rispen des Raygrases sammelte sich zarter Tau. Das Grau der Morgendämmerung wich den ersten schwachen Sonnenstrahlen. Sie spiegelten sich in den kristallklaren Tautropfen in allen Farben des Regenbogens und verwandelten das trockene Land in ein Meer gleißender Perlen. Verschwenderisch verströmte blühender Salbei balsamischen Duft. Ringsumher herrschte Stille. Eine Lerche, die nicht mehr war als ein Pünktchen am Himmel, stimmte zaghaft ihr Lied an. Nach einer kurzen Strophe verstummte sie wieder, überwältigt von ihrer eigenen Stimme inmitten der Lautlosigkeit. Das gedämpfte Wiehern eines Pferdes brach das Schweigen, so daß die Lerche mit ihrem Gesang fortfuhr und ihr gesamtes Repertoire in den Äther trillerte.

Die Wildpferde rasteten nahe einem kleinen Hügel. Einige lagen, andere standen, die Köpfe zu Boden gesenkt. Nur Tarpan, der Leithengst, hielt seinen Kopf erhoben. Seine Ohren spielten nervös hin und her, und seine weit geblähten Nüstern nahmen Witterung auf. Ein leiser Windhauch hatte ihm die Ausdünstung von Fleischfressern in die Nase geweht. Der strenge Geruch war dem von Wölfen ähnlich. Wachsamkeit war geboten. Die letzte Begegnung mit den leichtfüßigen Jägern hatte er noch in lebhafter Erinnerung.

Es war im vergangenen Winter – ein Winter, der unerbittlicher denn je seine eisige Faust gegen die Kreatur richtete. Schneestürme tobten über die Steppen am Schwarzen Meer. Selbst die Wölfe darbten. Ohne Rast und Ruh folgte ein Rudel Tarpans Herde. Die Schnauzen der Verfolger waren mit Reif bedeckt, und in ihren Augen glühte der Hunger. Pferde verhießen Fleisch, und Fleisch bedeutete für sie Leben. Aber noch wagten sie keinen Angriff. Denn wenn unersättliche Gier sie blind machte, konnten ihnen gezielte Hufschläge rasch zum Verhängnis werden. Manche von ihnen trugen Narben unter ihrem Pelz, die von jenen Tagen zeugten, da Rippen knackten und Schädel barsten. Doch sie merkten sehr bald, daß diesmal keine Hufschläge, die ihnen so oft den Appetit verdarben, zu befürchten waren. Sie vergaßen alle Vorsicht und rückten dreist heran. Tarpans Herde war die einzige, und sie konnte sich darum nicht wie früher, als die Herden noch zahlreich waren, mit anderen zum Schutz zusammenschließen. So suchte sie ihr Heil in der Flucht. Stuten und Fohlen liefen Tarpan voran. Ihre trommelnden Hufe wirbelten den lockeren Schnee auf, der in einer weißen Fahne hinter ihnen her wehte. Dahinter bemühte sich das Wolfsrudel um Anschluß. So jagten sie dahin, bis eine der Stuten mit der Herde nicht mehr Schritt halten konnte. Tarpan versuchte sie anzutreiben, aber immer mehr fiel sie hinter die anderen zurück. In einer letzten, verzweifelten Anstrengung teilte er Bisse gegen sie aus – vergebens. Die Verfolger waren zu schnell und zu ausdauernd für sie. Ihr hohes Alter sowie die lästigen Schmarotzer in ihren Eingeweiden hatten sie ihrer Kraft beraubt. Die Wölfe holten sie ein, und ihr Keuchen ging unter im blutrünstigen Knurren der ausgezehrten Meute. Tarpan drehte sich noch einmal nach ihr um; dann eilte er der fliehenden Herde nach. Neun graue Schatten verschwanden in der Ferne, während sich die Nacht über einer blutigen Stelle im Schnee senkte.

Aber nun war es Sommer, und Wölfe waren nicht zu sehen. Und doch mußten Fleischfresser in der Nähe sein. Wenn die Sicht klarer und der kleine Hügel nicht gewesen wäre, so hätte Tarpan die Hundemeute sehen können, die sich auf die Herde zu bewegte. Und wo Hunde waren, da war ihr größter Feind, der Mensch, nicht weit.

Tarpans Aufmerksamkeit wurde jedoch abgelenkt durch den Aufruhr, den eines der beiden Fohlen, ein kleiner Hengst, verursachte, als er sich neben seiner Mutter auf seine zierlichen Läufe stellte, Schmutz und Nässe aus seinem Fell schüttelte und hinüber zu seiner Halbschwester stolzierte, die auf der Seite im taufeuchten Gras lag. Er stupste sie mit seiner Nase an, um sie zum Aufstehen und Spielen zu bewegen. Aber alles, was er damit erreichte, war ein kurzes Anheben ihres Kopfes. Enttäuscht wandte er sich von ihr ab und tollte in übermütigen Bocksprüngen allein herum, was zur Folge hatte, daß alle Mitglieder der elfköpfigen Herde binnen kürzester Zeit auf den Beinen waren. Zufrieden mit dem Ergebnis, kehrte das Hengstfohlen zurück zu seiner Mutter, um an ihrem Euter zu saugen.

Der Tag war noch fern, an dem für den kleinen Hengst kein Platz mehr in der Herde war. Allein oder mit anderen jungen Hengsten, die wie er ihre Familie hatten verlassen müssen, würde er umherziehen und früher oder später eine Stute erobern oder gar eine ganze Herde wie Tarpan, der den alten Grauen zum Kampf herausgefordert und besiegt hatte. Seit alters her tauschten Sieger und Besiegte ihre Plätze. Aber Veränderungen wie nie zuvor warfen ihre dunklen Schatten voraus.

Durch Tarpans Augen schaute die lange Reihe seiner Ahnen. Generation hatte sich auf Generation getürmt, seit der hasengroße Urahn, der vor undenklichen Zeiten scheu durch das Unterholz der Urwälder geschlüpft war, sich zu einem größeren und vollkommeneren Wesen entwickelt hatte. Als gewaltige Eismassen sich wie ein weißes Leichentuch über das Nordland breiteten, durchstreiften seine Vorfahren mit Mammut und Wollnashorn kahle Einöden. Nachdem die Gletscher nach langer, langer Zeit zur Arktis zurückkehrt waren oder sich auf hohe Berge verzogen hatten, waren die alten Weggefährten nicht mehr. Bäume und Sträucher gruben ihre Wurzeln in ihre vermodernden Kadaver. Auf den endlosen Weiten begannen junge Wälder zu sprießen. Und durch den lichten Forst wie über die weiten Fluren zogen seine Vorfahren.

Zweibein, der Aufrechtgehende, stellte ihnen nach. Gegen ihre flinken Beine setzte er die List, die seinem Kopf entsprang. Er machte das Feuer zu seinem Begleiter, vor dem sie ängstlich flohen. Die Furcht vor seiner lodernden Fackel war größer als die vor den steilen Klippen, wohin er sie trieb, und so stürzten sie in den Abgrund. Auch lauerte er ihnen an der Tränke auf, wo er sie mit dem Speer durchbohrte. Da er seine Mitgeschöpfe tötete, sie aber zugleich verehrte, bat er die mächtigen Geister um Vergebung und brachte den finsteren Dämonen Opfer dar. Hoch züngelnden die Flammen, über denen Pferdefleisch schmorte. Drei Tage und drei Nächte lang feierte sein Stamm, bis ihre prallen Bäuche ihnen keine Bewegung mehr erlaubten und sie in einen bleiernen Schlaf fielen, um zu verdauen. In der warmen Asche spielten die Kinder mit den blanken Knochen und blickten durch hohles Gebein in die fahle Sonne. Die

Frauen wuschen die blutigen Häute, schabten sie sauber und kneteten sie, damit sie weich und geschmeidig wurden. Wenn in der Nacht der Ruf Reißzahns, des Höhlenlöwen, schaurig erklang, stockte jung und alt der Atem, und beim letzten schwachen Schein des Lagerfeuers kauerten sich die Seinen aneinander. Die wärmenden Felle um ihre fröstelnden Körper geschlungen, ihre Blicke auf das Pferd an der bemalten Höhlenwand geheftet, lauschten sie dem einsamen Wiehern, das draußen, begleitet vom Trommeln fliehender Hufe, leise erstarb.

Schnee und Eis hatten Tarpans Vorfahren nichts anhaben können; keiner ihrer Feinde, auch Zweibein nicht, hatte ihnen dauerhafte Verluste zugefügt. Doch nun hielten sich Tod und Geburt nicht mehr die Waage. Die Waagschale, die dem Tod vorbehalten war, sank beständig. Nichts konnte diesem Prozeß Einhalt gebieten, und er machte auch nicht halt vor den Steppen zwischen dem Asowschen Meer und dem Dnjepr, in denen Tarpans Rasse lebte. Die Wesen, die alles veränderten, gingen aufrecht, gerade so wie Zweibein, mit dem sie auch sonst viel Ähnlichkeit hatten. Und doch unterschieden sie sich in manchen Dingen von ihm wie die Nacht vom Tage.

Zwar hatten schon Zweibeins Nachkommen Entfernungen überwinden können, ohne daß sie einen Schritt machten. Von weitem griffen sie mit unsichtbarer Hand nach ihren Opfern, und fliehen half wenig, denn schneller als das schnellste Geschöpf durchmaß den Raum der lange Arm, den sie Pfeil nannten. Aber längst spannten sie nicht mehr ihre Bogen. Dafür spie jetzt ein Rohr Blitz und Donner, und ein Stückchen Metall, kleiner als die Fangzähne des Wolfs, brachte den Tod. Diese Zweibeiner schossen mit Gewehren. Das machte sie so gefährlich, obwohl sich ihre Überlegenheit nicht nur darin äußerte. Denn auch die Hirten, die früher ihr Gebiet bevölkerten, hatten die Feuerwaffe auf sie gerichtet, sooft sich ihre Wege kreuzten. Wie das Sandkorn vor dem Wind, so trieben sie als Nomaden durch das öde Land, bald hierhin, bald dorthin, immer auf der Suche nach Wasser und nach Weidegründen für ihr Vieh. Doch sie, die nie längere Zeit an einem Ort verweilten, hatten nie solchen Schaden angerichtet, wie die Siedler, die ihren Standort nicht wechselten!

Sie waren es, die, da die Natur mit Regen geizte, im Erdreich bohrten, so daß sich in tiefen Brunnen das Grundwasser sammelte, womit sie die Dürre besiegten. Darin lag das Geheimnis ihrer Seßhaftigkeit. Die Orte, an denen sie sich niederließen, wuchsen und dehnten sich aus, und es wurden ihrer immer mehr. Überhaupt umgab sie manch Seltsames. Sie brauchten kein Wild zu jagen, sondern zahme Tiere scharten sich um ihre Häuser und schienen nur darauf zu warten, von ihnen verspeist oder zu irgendeinem anderen Zweck verwendet zu werden. Aber, was am merkwürdigsten war, sie mußten auch Macht über die Pflanzen haben. Unter ihrem Schutz entsprossen dem kargen Boden neuartige Gewächse; hingegen verschwanden die alteingesessenen, wo und wann immer sie es wollten.

Menschen mit Feuer und Speer waren gefährlich. Menschen mit Gewehren waren eine tödliche Bedrohung. Vor den Siedlern, die alles Land in Besitz nahmen, gab es kein Entrinnen.

Labanow schenkte den balzenden Großtrappen keine Beachtung. Sollten die Hähne sich ruhig aufplustern, um den Hennen zu gefallen, ihm ging es nicht um Federvieh, wenn er auch unter anderen Umständen dafür gesorgt hätte, daß einige der stattlichen Vögel in den Kochtopf gewandert wären. Es gab für ihn jetzt Wichtigeres zu tun, als einen Braten zu schießen, und die Schnauzen seiner Hunde wiesen ihm den Weg dorthin. Auf diese Gelegenheit hatte er lange gewartet.

„Stiehlt mir meine beste Stute, dieser graue Teufel. Das soll er mir büßen, oder ich will dreimal verdammt sein", fluchte er leise, schlug aber sogleich drei Kreuze vor seiner schweißnassen Brust, damit er es sich nicht mit den himmlischen Mächten verdarb. Denn gerade jetzt konnte er ihren Beistand gebrauchen.

Labanow wußte nur zu gut, daß die Wildpferde sofort die Flucht ergriffen, sobald sie auch nur einen Reiter von weitem erblickten. Da ließen sie einen eher zu Fuß an sich heran, doch wenn sie dann flüchteten, war man ihnen auf eigenen Beinen hoffnungslos unterlegen. Das galt besonders für seine Beine, die aus der Übung und vom vielen Reiten krumm waren.

Deshalb hatten es Labanow und seine vier Begleiter vermieden, auf ihren Pferden Tarpans Herde zu nahe zu kommen, als sie diese tags zuvor in der Ferne entdeckten. Zwei seiner Begleiter waren ihr statt dessen in sicherem Abstand zu Fuß gefolgt. Nach Einbruch der Dunkelheit hatte sich Labanow mit den beiden anderen Männern, den Pferden und mit Hilfe der Hunde auf ihre Spur gesetzt, an deren Ende sie aufeinandertrafen und er seine Gelegenheit fand.

„Der Nebel hat sich fast aufgelöst", flüsterte Prigoda. „Ich wette, man kann bereits eine Werst weit sehen. Gut, daß uns der Kurgan Deckung gibt."

Der kleine, von gelbblühendem Wermut überwachsene Hügel, hinter dem sie sich verbargen, glich in der sonst flachen Landschaft einer einsamen Insel mitten im Ozean. Vor Jahrhunderten hatten ihn die Skythen, das Reitervolk, über einem ihrer toten Fürsten errichtet. So gab er nicht nur dem Leben in Gestalt des bitteren Wermuts eine Heimstatt, sondern war auch stummer Zeuge gewesen, als den toten Herrscher Frauen und Gefolge und nicht zuletzt sein Lieblingspferd ins Grab begleiteten, wie es der grausame Brauch verlangte. Auch hatte er den doppelt gekrümmten Bogen aus Horn, die Pfeile mit den Dreikantspitzen sowie die edlen Metalle und das kostbare Geschmeide in sich aufgenommen.

Wie die Frauen ihren verstorbenen Gemahl beweinten, aber noch mehr über ihren eigenen, bevorstehenden Tod wehklagten! Waren sie nicht die Mütter seiner Söhne, die sie in ihren Leibern getragen, unter Schmerzen geboren und an ihren Brüsten liebevoll genährt hatten? Hatten sie im Kindbett nicht das Fieber fürchten müssen? War sein eigenes Leben nicht einem Weib zu verdanken? – Andererseits, um ihr Leben zu vergolden, hatte er viele wertvolle Pelze eingetauscht. Herrlich auch die Geschenke, die er ihnen nach siegreicher Schlacht zu Füßen legte: zarte Gewänder aus leichtem, buntem Tuch; dienstbare Sklaven; wohlriechende Essenzen, die einen Mann betörten und das Baden zu einer noch größeren Wonne machten; fremdartige Tiere, liebenswerte wie abscheuliche, die ihnen die Langeweile vertrieben. Und die Langeweile plagte sie oft.

Doch erst die Diener! Stets sorgten sie für das Wohlergehen ihres Herrn, brachten ihm die Speisen an sein Lager, reichten ihm den kühlen Trunk. Einige von ihnen hatten bessere Tage gesehen, bis sie der Fremdling unterwarf, dem sie fortan als Sklaven zu dienen hatten. Oft zürnten sie ihm und schmiedeten Ränke. Doch keiner wagte, den Dolch gegen ihn zu zücken. Nun wurde er ihnen an die Kehle gesetzt. Hier hockte ein Greis, der seine besten Jahre damit verbracht hatte, die Waffen seines Herrn gewissenhaft zu pflegen und darüber alt geworden war. Dort ein junger Bursche, stark und stolz, der vor die Lanze des assyrischen Kriegers gesprungen war, um seinen Gebieter vor dem tödlichen Stoß zu bewahren. Der bärtige Assyrer sah nie mehr Weib und Kind, und er, der junge Held, hinkte seitdem.

Was aber war das alles verglichen mit dem Dienst, den das Schlachtroß seinem Herrn erwiesen hatte! Behend trug es ihn durch die Reihen der Feinde. Welch ein Gefühl, wenn die Fußvölker vor ihm auswichen wie niederes Gewürm, zum unwürdigen Kriechen verdammt! In jedem seiner Schritte pulsierte die unbändige Gewalt eines Vulkans, und doch waren seine Bewegungen zugleich von Eleganz und Grazie. Seine Muskeln und Sehnen konnten zu Eisen erstarren und dann wieder sprudeln wie ein munterer Quell. Kein anderes Pferd im Lande übertraf es an Ausdauer und Schnelligkeit, nur der Wind war ihm ebenbürtig. Es war das Erhabenste, was er je besessen. – Als seine Tage gezählt waren, dachte er daran, seinem Pferd den gewaltsamen Tod zu ersparen. Aber der Schamane, der Bastfäden zu zerreißen und das magische Kauderwelsch der Rutenbündel zu deuten verstand, Klapperbleche und Rasseln geheimnisvoll handhabe, redete beharrlich auf ihn ein und riet ihm davon ab. Was sollte er auch ohne sein Pferd in dem Reich, wo Tabiti, die große Göttin, und Papeus, der Himmelsgott, herrschten? Er teilte die Weisheit seiner Vorväter, daß ein Pferd ohne Reiter ein Pferd ist, ein Reiter ohne Pferd jedoch nur ein Mensch.

Prigoda war kein Freund tiefgründiger Betrachtungen.

Das Hügelgrab schützte sie vor frühzeitiger Entdeckung. Mehr Bedeutung hatte es für ihn nicht.

„Wir kriegen ihn, Sergej, und jagen ihm Oblomowa ab, verlaß dich drauf", gab er Labanow voll Zuversicht zu verstehen.

Im Grunde jedoch war es ihm völlig gleichgültig, ob Oblomowa dort drüben bei den Wildpferden stand oder wieder in Labanows Stall zurückkehrte. Was ging ihn das alles an? Ihm gehörte sie jedenfalls nicht. Ja, man hätte ihm gar kein Pferd stehlen können, denn er besaß keines mehr, seit er vor einem Jahr seine letzten beiden Pferde hatte verkaufen müssen, und das waren bloß zwei ungeschlachte Ackergäule gewesen, die, vor eine Kutsche gespannt, nichts taugten, wenngleich sie den Pflug müheloser hinter sich her zogen als zwei Ochsen.

In dem Jahr, als der Hagel die Weizenkörner aus den Ähren drosch, war er trotz des eingebüßten Ertrages noch ein schuldenfreier Mann gewesen und nannte die Zugpferde noch sein eigen. Im folgenden Jahr bestellte er seine Felder mit Sonnenblumen, in der Hoffnung ein gutes Geschäft zu machen. Da sank über Nacht der Preis für Sonnenblumenkerne wegen der überreichen Ernte, und er holte beim Verkauf fast auf die Kopeke gerade so viel heraus, wie er hineingesteckt hatte. Auch wenn er auf diese Weise keinen Verlust erlitt, so mußte er doch zugeben, daß er umsonst gearbeitet hatte. Daraufhin stellte er sich auf den Anbau von Tabak um. Und da er die Mittel dazu nicht aus eigener Tasche bezahlen konnte, borgte er sich das Geld, und sein Gläubiger war niemand anderes als Labanow. Als Pfand verschrieb er ihm Hab und Gut.

Oh, wie er die Heuschrecken haßte! Noch heute zerdrückte er jede, die er erwischte. Bis an sein Lebensende wollte er so mit den gefräßigen Biestern verfahren, aus Rache, daß ein ganzer Schwarm von ihnen ausgerechnet seine Tabakpflanzung als Speisekammer auserkoren hatte. Die Heuschrecken vernichteten die ganze Ernte, und Labanow nahm das erste Stück Land. Bald mußte er ein weiteres Stück an ihn abtreten, dann noch eins, und als er kein Land mehr besaß, erhielt Labanow Haus und Hof.

Es war eine einzige Pechsträhne. Soviel er auch arbeitete und sich abmühte, er kletterte unaufhaltsam Sprosse für Sprosse die soziale Leiter hinunter, während Labanow auf ihr emporklomm, dank Zins und Zinseszins und einer Vielzahl von Schuldnern.

Nicht, daß Labanow ein schlechter Mensch war, der Gesetz und Ordnung mit Füßen trat. Nein. Was er getan hatte, war recht und billig. Des einen Freud, des andern Leid. So war es immer. Labanow stand im Licht, aber er hätte ebenso im Schatten stehen können.

Hatte unter seinen Schafen nicht einmal der Milzbrand entsetzlich gewütet? Und hatte ihn der Schaden nicht an den Rand des Ruins getrieben? Trotzdem zog er die Viehzucht weiter dem Ackerbau vor. Ob das daher kam, daß, wie er sich ausdrückte, die Ebenen Tauriens von Gott gerade für Schafe und Pferde, überhaupt zum Zweck der Viehhaltung erschaffen worden seien, sich aber der Ackerbau bestenfalls in der Nachbarschaft des Dnjepr lohne, oder ob es der Größe und Beschaffenheit seiner Ländereien zuzuschreiben war, oder beides zutraf, wußte niemand so recht zu sagen. Jedenfalls blieb Labanow der Erfolg treu. Je umfangreicher seine Güter wurden, um so gesicherter war er gegen die Wechselfälle des Lebens.

Dagegen war Prigoda nur eine armselige Hütte geblieben, vor allem aber seine Arbeitskraft, mit der er seine

Familie ernährte und seine Schulden bei Labanow tilgte. Nein, ihn ging das hier wahrhaftig nichts an. Nie wäre er in diese gottverlassene Gegend geritten, hätte Labanow es nicht von ihm verlangt.

Wenn er kein verarmter Bauer gewesen wäre, hätte er wie früher zu dieser Stunde auf der schattigen Bank unter den Pappeln vor seinem Haus gesessen. Die erste Arbeit wäre getan gewesen und seine Frau hätte ihm einen Krug Milch und ein Stück Brot gebracht; er hätte mit seinen Kindern gescherzt und das Jüngste auf den Schoß genommen.

Ja, das hätte er getan, wenn er noch sein eigener Herr gewesen wäre! Jetzt tat er, was Labanow von ihm verlangte. Statt vor seinem Haus saß er in der Wildnis. Unter ihm der nackte Boden, über ihm die sengende Sonne. Was kümmerten ihn die Wildpferde? Sie bedeuteten ihm nichts, wenn er auch staunte, wie zäh und ausdauernd sie waren.

Der alte Burjak hatte gut lachen. Er und seine Söhne Oleg und Pjotr paßten auf die Pferde und Hunde auf. Sie vertrieben sich die Zeit mit einer Anekdote über Labanows Zusammentreffen mit einem Wildpferd, die sie, ihren Mienen nach zu urteilen, sehr zu amüsieren schien.

Der alte Burjak und seine beiden Söhne waren Knechte auf Labanows Hof. Obwohl Labanows Angelegenheiten sie sowenig etwas angingen wie Prigoda, so war für sie der Ausritt doch eine willkommene Abwechslung in ihrem Alltag. Prigodas Sorgen und Nöte teilten sie nicht. Die Burjaks waren, soweit man zurückdenken konnte, schon immer Knechte gewesen. Nur der Bruder vom alten Burjak war in die Stadt gezogen und verdiente sein Geld als Bergarbeiter, falls er nicht gerade wieder einmal wegen seiner aufrührerischen Reden im Gefängnis saß. Einmal war er zu Besuch in ihr Dorf gekommen und hatte in der Dorfschenke versucht, den Leuten mit seinen politischen Ansichten den Kopf zu verdrehen.

„Dem sitzt das Maul genauso locker wie seinem Onkel und er wird auch so enden wie dieser", dachte Prigoda, als er Olegs spöttischen Kommentar aufschnappte. Dennoch mußte er unwillkürlich grinsen, mochte Labanow auch zornig die Stirn runzeln, weil die Anekdote unliebsame Erinnerungen in ihm weckte.

Es war zwei oder drei Jahre her. Labanow war mit einem Einspänner über Land gefahren. Da trabte ihm auf einer einsamen Wegstrecke ein Pferd entgegen. Zuerst glaubte er, es sei seinem Besitzer entlaufen, und lenkte das Fuhrwerk sorglos darauf zu. Unterdessen überlegte er, wem das Pferd wohl gehören mochte und malte sich in kräftigen Farben aus, wie der Besitzer sich für die Rückgabe seines Eigentums bei ihm bedankte. Er sah ein hübsches Fräulein, das beim Anblick ihres vierbeinigen Lieblings, den sie für immer verloren zu haben glaubte, vor Freude in Tränen ausbrach. Ihr glückliches Lächeln war ihm Lohn genug. Dann tauchte vor ihm ein anderes Bild auf, das eines Mannes, der keine schönen Gesten erwartete, einem nichts schuldig blieb und in barer Münze zahlte. Und während er die Vorzüge der einen Möglichkeit gegen die der anderen abwägte, sahen seine Augen eine dritte Möglichkeit. Narrte ihn ein Spuk? Aber der schwarze Strich, der sich gleich einem schmalen Band über das Rückgrat des nahenden Pferdes zog, war kein Trugbild, geschweige denn, daß das Pferd im ganzen den Eindruck erweckte, als habe es jemals einen Stall von innen gesehen.

Tatsächlich stand kurz darauf ein zottiger Wildhengst vor ihm und machte seinem Pferd stürmisch den Hof.

Sein Vertrauen in seine Peitsche, die über dem ungestümen Freier in der Luft einen phantastischen Tanz vollführte, auf sein mausgraues Fell knallte und ihm um die Ohren pfiff, schwand rasch, als er feststellte, daß sie dessen inneres Feuer erst recht schürte. So legte er sie beiseite und sah tatenlos zu.

Es blieb ihm ein ewiges Rätsel, wie dieses verdammte Biest wissen konnte, was sein Pferd an den Wagen fesselte. Aber egal ob Zufall oder Absicht: es splitterte das Holz, es riß das Leder, es lief der wilde Hengst mit seinem Pferd davon. Eine Weile blickte er den beiden ungläubig nach, während er die zerrissenen Gurte in den Händen hielt und über der gebrochenen Deichsel ratlos den Kopf schüttelte. Dann besann er sich, daß er noch einen langen Fußmarsch vor sich hatte, machte sich auf den Weg und erreichte vor Einbruch der Dunkelheit die nächste Siedlung. Eigentlich hätte er froh sein müssen, daß er mit heiler Haut davongekommen war. Aber nach allem, was geschehen war, freute er sich nicht, zumal ihn das ganze Dorf auslachte.

Labanows Wut rührte allerdings nur zum Teil daher, daß er ein Pferd verloren und einen langen Marsch hatte machen müssen. Das hätte er vielleicht noch hingenommen wie ein unausweichliches Naturereignis, von Hohn und Spott einmal abgesehen. Aber dieses elende Vieh sollte ihm auch noch seine beste Stute rauben!

Tarpan freilich hatte gute Gründe dafür, wenn er gelegentlich mit seiner Herde die Nähe von Hauspferden aufsuchte. Die von Labanow machten da keine Ausnahme. Es gehörte nicht zu seinen Aufgaben, sich den Kopf darüber zu zerbrechen, warum etwas geschah. Daß eine Sache von Vorteil, eine andere von Nachteil war, das allein genügte ihm. Trotzdem war seine Schlußfolgerung scharf und richtig: Wohin die Menschen ihr Vieh trieben, dort war das Gras saftig und auch reichlich Wasser vorhanden. Denn das beste Weideland beanspruchten die Menschen für sich und ihr Vieh. Daß er sich zu den Hauspferden gesellte, lag also weniger an diesen als vielmehr an der saftigen Weide, auf der sie sich befanden. Natürlich leistete er ihnen nicht ungern Gesellschaft. Denn immer seltener traf er auf seinesgleichen. Und da von den Menschen nichts zu befürchten war, solange er sich von ihnen fern hielt, konnte er sich ohne Gefahr unter ihre Pferde mischen, außer sie waren bewacht.

Hätte Oblomowa nicht eine kleine Lache im Gras hinterlassen, auf die er beim Weiden stieß, bevor sie versiegte, wäre er nicht ganz und gar von dem Drang besessen gewesen, seine Lippen mit der Flüssigkeit zu benetzen, um ihren Geruch zu prüfen, was er so gründlich tat, daß sich sein Gesicht zur Grimasse verzerrte, und hätte der Duft nicht von jenem Zustand einer Stute gekündet, der jeden Hengst rasend machte, dann wäre alles anders gekommen. Tarpan wäre friedlich seines Weges gezogen und Oblomowa hätte elf Monate später kein braunes Fohlen geboren, das einen schwarzen Aalstrich auf dem Rücken trug und im Nacken eine borstige Mähne, wie sie so aufrecht sonst nur bei Wildpferden stand.

So aber hatte er sich vor etwa einem Jahr Oblomowa genähert. Nur wenige Schritte trennten sie noch voneinander, als sich ein weißer Hengst aus dem lockeren Verband der Hauspferde löste und auf ihn zu stürmte. Kurz vor ihm kam der Schimmel zum Stehen, senkte den Kopf und scharrte mit einem Vorderhuf ein paar Mal so kräftig über den Boden, daß unter ihm dicke Staubwolken aufwirbelten, warf dann seinen Kopf in die Höhe und wieherte herausfordernd, wobei sein Schweif stolz aufgerichtet war und im Wind wie eine Fahne wehte. Obwohl diese Botschaft unmißverständlich war, tat Tarpan so, als wäre sie nicht an ihn gerichtet und fing an zu grasen. In Wahrheit schätzte er die Kräfte des Rivalen ab, und jede Faser seines Körpers war gespannt. Der Schimmel, der größer war als er, kam sich überlegen vor, und im Gefühl des sicheren Sieges griff er an. Doch Tarpan, der scheinbar Schwächere, fuhr jäh herum und war, zur Überraschung des Angreifers, zum Kampf bereit. Im nächsten Augenblick prallten sie aufeinander. Das heißt, ein Zusammenprall wäre unvermeidlich gewesen, hätte Tarpan nicht plötzlich sein Gewicht auf eine Seite verlagert. Dadurch stieß der Gegner ins Leere und mußte zugleich einen Tritt in die Flanke einstecken. Der Schimmel war verblüfft und stemmte alle viere gegen den Boden, bremste auf diese Weise seine Vorwärtsbewegung, versuchte sich umzudrehen, aber da war Tarpan auch schon über ihm, biß ihm in den Nacken und ließ anschließend seine Vorderhufe auf ihn niedersausen, einem Gewitterhagel gleich und mit der Wucht von Hammerhieben.

Das Manöver wiederholte sich einige Male, und jedesmal widerfuhr Tarpans Gegner dasselbe wie zuvor. Bald war der Schauplatz in einen dichten Schleier aus Sand und Staub gehüllt, der sich nicht eher lichtete, als bis das wütende Schnauben der Kämpfer verstummt war. Das einst weiße Fell mit Schmutz und Schweiß bedeckt, das Haupt gesenkt und um eine Erfahrung reicher, lahmte der zerschundene Schimmel zu den Hauspferden. Tarpan hingegen tänzelte hinter Oblomowa und trieb sie davon.

Seit diesem Tag hatte Labanow ein neues Bild vom Teufel: Satan zierte fortan nicht nur ein Pferdehuf, sondern er besaß deren gleich vier. Und jetzt stand er in der flimmernden Hitze leibhaftig vor ihm.

Das Zieselpaar war geteilter Meinung, ehe es mit einem Mal einer Meinung war. Die Zieselin liebte den warmen Sonnenschein über alles und streckte ihr kahles Hinterbeinchen, das besonders wärmebedürftig war, in die Sonne. Denn die samtweichen Haare, die den Oberschenkel noch vor kurzem bedeckten, waren im Fang eines hungrigen Iltisses geblieben. Ihr Partner dachte nicht an den schlauen Feind zu ebener Erde und auch nicht an den mächtigen in den Lüften, den Steppenadler, und schon gar nicht war ihm nach einem Sonnenbad zumute. Er hatte nur Augen für sie und hopste in einem fort um sie herum. Einmal nickte er sogar mit dem Kopf und trillerte weich, was etwa soviel bedeutete wie: entweder – oder.

Als beide aber ein leises Summen hörten, das rasch anschwoll zu einem Dröhnen und in ein Getrommel mündete, unter dem die Erde zitterte und bebte, gab ein jeder sein Vorhaben auf, und sie stießen fast gleichzeitig ihren schrillen Warnschrei aus. Daraufhin verschwanden alle Ziesel der Kolonie in ihren unterirdischen Behausungen. Allein die Zieselin, die nicht nur Haare im Fang des Iltisses verloren hatte, sondern auch die Fähigkeit, auf vier Beinen zu laufen und daher auf dreien humpelte, trennten noch mehrere Sätze von dem rettenden Bau. Das Unheil ereilte sie, noch ehe sie das Erdloch erreichte, und starr vor Schrecken verharrte sie dort, wo sie gerade war.

Aber die Jagd galt nicht ihr noch sonst einem Ziesel. Sie war nur eine Episode. Sie sollte nie mehr ein Sonnenbad nehmen, denn gleich darauf lag sie tot am Boden, zu einer unkenntlichen Masse zerstampft.

Tarpan und seine Herde preschten über die Zieselkolonie hinweg und wären wer weiß wohin gerannt, wäre Oblomowas Fohlen nicht in die Einschlupfröhre eines Zieselbaues getreten und gestrauchelt. Wenn Oblomowa ihrem Fohlen auch nicht helfen konnte, so ließ sie es doch nicht im Stich, sondern wartete, bis es wieder auf die Beine kam. Die Herde verlangsamte ihr Tempo und blieb schließlich in einiger Entfernung unschlüssig stehen.

Im Nu wurden sie von den Reitern eingeholt. Prigoda schnitt Oblomowa den Weg ab, und Labanow, der von seinem Pferd gestiegen war, ging auf sie zu und sprach in sanftem Ton zu ihr.

Die vertraute Stimme war es, die Oblomowa derart verwirrte, daß sich ihre gespitzten Ohren samt Kopf und Hals dem sprechenden Menschen zuwandten, während sie gleichzeitig mit kurzen Schritten von ihm wegstrebte. Erinnerungen an vergangene Tage wurden in ihr wach und erfüllten sie mit einem Gefühl von Wärme. Die Eimer voll Hafer, die Geborgenheit des Stalles, die täglichen Ausritte, das angenehme Kratzen von Striegel und Bürste, all jene wohltuenden Empfindungen, die sich ihrer Seele tief eingeprägt hatten, ließen sie fühlen, als bade ihr Herz in einem warmen Sonnenlicht. Im Banne dieses Empfindens vergaß sie sogar ihr Fohlen. Um sie herum versank die Umgebung. Das Hantieren an ihrem Kopf nahm sie wie aus weiter Ferne wahr. Als sie die Berührung bis zu ihrem Ursprung zurückverfolgte, bemerkte sie das Halfter, das man ihr angelegt hatte. Mißtrauen breitete sich in ihr aus, und an die Stelle von Zuneigung trat Auflehnung. Sie versuchte, sich der Fessel, welche die sinnreiche Anordnung der Riemen bewirkte, zu entledigen. Ihr Bestreben war, durch Aufbäumen auf die Hinterläufe freizukommen. Sie riß und sie zerrte. Ohne Erfolg. Starke Hände hielten das Halfter fest und hinderten sie daran.

Von klein auf hatte Oblomowa gelernt, daß man sich den Menschen auf die Dauer nicht widersetzen konnte, es sei denn, man fürchtete ihre Härte nicht oder war unempfänglich für ihre Liebkosungen. Es war besser, sich ihnen zu fügen. So beugte sie sich aufs neue ihrem Willen.

Hafer und Striegel, Sattel und Zaumzeug und was der Mensch sonst noch alles für ein zahmes Pferd bereithielt, hatten für Tarpan keinerlei Bedeutung. Zwischen ihm und den Menschen klaffte ein tiefer Abgrund. Sie hatten keine Sympathie für ihn, die eine Brücke hätte schlagen können. Von ihnen kamen nur Schmerz und Leid, Vernichtung und Tod, und darum ging er ihnen aus dem Weg, so gut er konnte. Aber nun, da die Herde umzingelt war, mußte er sich ihnen stellen.

Inzwischen hatten die Burjaks das zweite Fohlen von der Herde getrennt. Pjotr warf ihm eine Schlinge über den Kopf, während die Hunde sich bemühten, dessen erregte Mutter auf Abstand zu halten und so um Pferde und Reiter tobten. Und in diesen Kreis, dessen Mitte das bedrohte Fohlen bildete, sprengte Tarpan.

Er war seinem Ziel ganz nahe. Noch zwei, drei Sprünge, und er hatte den Mann erreicht. Doch diese Sprünge wurden nie gemacht. Die Hunde hatten eine neue Aufgabe entdeckt. Etwas Großes war im Gange und dabei durften sie nicht fehlen. Sie kamen von allen Seiten kläffend angestürmt und drängten sich zwischen Pjotr und Tarpan. Die Männer hatten Mühe, ihre scheuenden Pferde im Zaum zu halten.

Die Reiter kreisten um die Hunde, die Hunde um Tarpan, und Tarpan um sich selbst.

Vier Hufe und zwei Kiefer gingen ans Werk. Der Kampfgeist eines Hundes wurde gebrochen, einem andern die Rippen dazu, und ein weiterer, der geschickt auswich und auf seine Chance wartete, nicht bellte, sondern aus seiner Kehle ein heißeres Knurren hervorwürgte, trotz seiner Schlauheit und Gewandtheit im Genick gepackt. Und es wäre ihm schlecht ergangen, wäre Labanow nicht zur Stelle gewesen.

Er war der einzige, der einen klaren Kopf behielt, obwohl er Haß im Herzen trug und das Blut durch seine Adern raste. Nur ein Gedanke beherrschte ihn: Er wollte töten. Dieser Gedanke löschte alle anderen Gedanken in ihm aus. Insoweit war sein Kopf klar. Ja, er wollte vernichten, zerstören. Er war sich dessen nicht bewußt, aber er würde nicht anders gehandelt haben, wenn es ihm bewußt gewesen wäre. Er sank hinab in graue Vorzeit, als zum ersten Mal ein Mensch eine Faust ballte, in der Faust eine Keule hielt, zuschlug und tötete. Immer tiefer fiel er, zurück in den Urschlamm, in dem sich die schleimigen Wesen wälzten, ehe sie endgültig aus dem Wasser krochen und das Land eroberten. Er war seinem Zorn ausgeliefert, und am ehesten glich er Molekülen und Atomen, die blind aufeinanderprallen, sich abstoßen oder anziehen und verbinden, die Sonnen und Planeten schaffen oder als Sternenstaub durch das Weltall treiben. Nur die Schußwaffe, die er hochriß und an seine Wange preßte, war der letzte Bote der Zivilisation, jener Stufe der Menschheitsentwicklung, auf der er stand.

In dem Augenblick, als Tarpans Schulterblatt und das Zielkorn eine Linie mit seinem rechten Auge bildeten, krümmte er den Zeigefinger.

Eine ungeheuere Last senkte sich auf Tarpan nieder. Wo eben noch unbändige Kraft gewesen war, die die Hunde in den Staub schleuderte, breitete sich jetzt Lähmung aus, und eine schreckliche Starre war die Folge. Kein Glied gehorchte mehr dem andern. Die ganze Kette seiner Bewegungen ging entzwei. Aber Leben war Bewegung. Seine Zähne, die den jaulenden Köter im Genick gepackt hielten, lösten den Biß, ohne daß er es wollte, ja er bemerkte es nicht einmal, und während die strahlende Sonne verblaßte, stürzte er zu Boden, und seine Hufe schlugen ein letztes Mal nach der kläffenden Meute, die ihn nicht zu bezwingen vermocht hatte, aber sie trafen nur ins Leere. Dann wurde es ganz schwarz um ihn, und inmitten der tiefsten Finsternis hörte selbst die Dunkelheit auf.

Obwohl Oblomowa den Schuß hörte, hatte sie keine Ahnung, daß er Tarpans Schicksal besiegelte. Ihre Sorge galt einzig ihrem Fohlen, das ihr Prigoda wegnehmen wollte. Trotz all der Jahre, die sie unter den Menschen verbracht hatte, wehrte sie sich verzweifelt gegen sein Vorhaben. Aber Prigoda scherte sich nicht um ihre Muttergefühle. Er band ihr die Vorderhufe mit einem Strick zusammen, so daß ihre Beweglichkeit eingeschränkt und ihr Widerstand wirkungslos wurde. Fast ungehindert konnte er das Fohlen von ihr wegzerren und mit ihm in einer nahegelegenen Senke verschwinden.

Wieder hörte Oblomowa einen Schuß. Doch auch von dessen Bedeutung ahnte sie nichts. Nur ihr Fohlen vermißte sie schmerzlich. Sie schaute in die Richtung, wo es sich ihrem Blick entzogen hatte. Sie wieherte laut, bekam darauf aber keine Antwort, geschweige daß ihr Fohlen zurückkehrte. Immer unruhiger wurde sie, da tauchte Labanow aus der Senke auf – an seiner Seite ihr Fohlen! Freudig begrüßte sie beide, und wenig später schmiegte sich das Fohlen an sie. Sanft stieß sie es mit dem Kopf und beschnupperte es ausgiebig. Ein leiser Zweifel regte sich in ihr, der jedoch von ihrem Mutterinstinkt verdrängt wurde.

Labanow war zufrieden. Alles verlief wie geplant. Oblomowa war auf den Trick hereingefallen. Sie bemerkte nicht, daß das Fohlen, das sie bemutterte, nicht ihr eigenes war, jedenfalls nahm sie keinen Anstoß an ihm. In Wirklichkeit hatten die Männer ihr Fohlen, das ein nutzloser Bastard war, getötet, ihm das Fell abgezogen und dem kleinen reinrassigen Wildhengst übergelegt, den die Burjaks zuvor eingefangen hatten und für den Oblomowa keine Fremde war. Oblomowa würde ihn wie ihr eigenes Fleisch und Blut behandeln, da war sich Labanow sicher. Sie war Gold wert, und indem er sie streichelte und tätschelte, gab er ihr seine Dankbarkeit zu verstehen. Er wußte, was er ihr schuldig war. Ein glänzendes Geschäft stand in Aussicht. Mit ihrer Hilfe konnte er sein Versprechen, das er dem Mann aus Moskau gegeben hatte, einlösen.

Der Mann hatte ihn vor ein paar Wochen aufgesucht und ihm erklärt, daß er mit wilden Tieren Handel treibe. Er war gekommen, um Wildpferde zu kaufen, gerade von der Sorte, von denen hier in der Steppe noch ein Dutzend herumlief. Was den Preis betraf, so war er nicht kleinlich.

Labanow lachte ihn aus, weil er sein Angebot nicht ernst nahm. Nur Dummköpfe, meinte er, gäben ihr Geld für ein Wildpferd aus. Aber der Mann ließ nicht locker und überzeugte ihn schließlich.

„Sehen Sie", sagte er, „in Moskau entstehen jetzt nicht nur Parks mit herrlichen Blumen und prächtigen Bäumen, sondern auch solche mit allerlei Getier. Für ein vornehmes wie reiches Publikum, müssen Sie wissen, das Unterhaltung und Zerstreuung sucht. Die wohlhabenden Bürger möchten es den Aristokraten gleichtun und in ihrem Bedürfnis nach Kurzweil nicht länger hinten anstehen. Sie machen den feinen und edlen Herrschaften das Vorrecht auf Gärten mit Pflanzen und Tieren streitig. Einmal auf den Geschmack gekommen, verlangen sie nach immer neuen Attraktionen. Es ist wie eine Sucht, glauben Sie mir. Und dann sind da noch die besorgten Gemüter, jene, die da sagen, man gehe dem wilden Getier so nachhaltig an den Kragen, daß manches schon ausgerottet sei, und was nicht, das käme demnächst an die Reihe, und da wollen sie retten, was noch zu retten ist. Verstehen Sie: Je seltener ein Wildtier, um so größer der Wunsch, es zu besitzen. Und um diesen Wunsch zu erfüllen, bin ich hier. – Nun, was halten Sie von meinem Angebot?"

Die Antwort ließ ein Weilchen auf sich warten, dann brach es aus Labanow hervor: „Die Leute in Moskau sind Narren, daran ist kein Zweifel!"

„Mag sein", meinte der Mann. „Doch was kümmert uns ihre Dummheit? Sollen wir deshalb auf ein einträgliches Geschäft verzichten?"

„Wahrscheinlich haben Sie recht. Es wird nicht einfach sein, aber bei Gott, Sie sollen ihr Wildpferd bekommen!"

„Mein Freund, es soll nicht Ihr Schaden sein."

Der Mann reichte ihm die Hand, und er schlug ein.

Wie sich nun zeigte, war es kein Fehler gewesen: Er hatte Oblomowa wieder und obendrein würde noch ein hübscher Gewinn herausspringen.

In seinem Hirn wurden die Ereignisse zu Ziffern und Beträgen. Zahl reihte sich an Zahl, und am Ende vereinigten sie sich zu einer Summe. Das waren seine Ausgaben. Daneben trat eine zweite, größere Summe. Das war der Preis, den er für das wilde Fohlen erzielte. Er bildete die Differenz. Halt! Er hatte den Hund vergessen, den er eingebüßt hatte. Nachträglich stellte er ihn in Rechnung. Dann ging er die Reihe noch einmal durch. Dies war der Wodka für die Burjaks, und das hier waren die zehn Rubel für Prigoda. Wenn jemand seine Sache gut machte, so ließ er sich nicht lumpen. Abermals verglich er die beiden Summen miteinander, und ihre Differenz, die seinen Gewinn darstellte, verschmolz zu den Umrissen dreier

Schafe, und ein viertes und fünftes nahm Gestalt an. Er legte noch eine Handvoll Rubel aus eigener Tasche dazu, und ein Mantel aus Zobelpelz erschien. Dann verwarf er diesen Gedanken und blieb bei den Schafen.

Das war der Nachruf auf ein totes Wildpferd – nicht schäbiger als der auf manches andere Pferd oder auf manche andere Kreatur.

Mit diesem Rechenexempel im Kopf und seinen Begleitern im Rücken trat Labanow den Heimweg an, während über ihnen, hoch oben am Himmel, ein Schwarm Geier kreiste.

Hier endete der erste Teil der Erzählung, einer Geschichte die mich nicht mehr losließ. Ich geriet aus dem zentralen Hochland Namibias zurück nach Europa, in die eiszeitlichen, von großen Tierherden bewohnten Ebenen des Nordens. Und während ich dem Erzähler immer weiter gefolgt war, gebannt von seiner packenden Geschichte, deren traurigen Ausgang ich ahnte, dachte ich nicht mehr an die Zebras, die ich auf meiner Reise gesehen hatte, sondern an die Wildpferde, deren Aufstieg und Niedergang der Erzähler beschrieb.

Ich legte das Magazin zurück auf den Tisch, während die Besitzerin der Ranch dem Personal Anweisungen gab, in dessen Sprache, die ich nicht verstand, und vor der Veranda, draußen, in einer heißen afrikanischen Nacht, sich die um die Lampe wirbelnde Insektenwolke in eine unübersehbare Schar von Wildpferden zu verwandeln begann, die am Elefantenkopf vorbeigeisterte, weiter und weiter zog, oben am Mount Etjo die einsamen Bergzebras, die sich still fügten, verdrängte und in den Einöden von Etoscha die Elefanten, die sich schlaftrunken aneinanderdrängten, zum Verschwinden brachte. Afrika versank unter dieser Geisterschar, und ich war, zwischen der Küste des Atlantischen Ozeans und dem nächtlichen Hochland Namibias, auf der Höhe der Ameib Ranch, am Ursprung des Frevels gegen die belebte Natur.

Begegnung mit einem gelben Hund

Ich war überrascht, ihn nicht allein anzutreffen. Seit unsere Frauen Literaturkurse an der Volkshochschule belegten und, um auch körperlich in Form zu bleiben, Gymnastikstunden nahmen, trafen wir uns, sofern es Zeit und Umstände erlaubten, jeden Mittwoch abend in unserer alten Stammkneipe, nur wir beide, sonst niemand. Wir hatten, ohne es je ausgesprochen zu haben, eine Vereinbarung getroffen: Zu unserem gemeinsamen Abend war kein Dritter zugelassen. Aber heute hatte mein Freund dieses stillschweigende Abkommen gebrochen. Er war in Begleitung eines gelben Hundes, der unter dem Tisch zu seinen Füßen lag und der mir auf den ersten Blick unsympathisch war, nicht nur weil ich mich über seine Anwesenheit ärgerte und voraussah, daß er im Mittelpunkt unserer Unterhaltung stehen würde, sondern weil er, höflich gesagt, alles andere als eine Schönheit war. Um ehrlich zu sein: Er war häßlich, eine Kreuzung zwischen einem Schakal und einer Fledermaus. Sein Unterkiefer stand wie bei einem Piranha vor, wodurch seine schiefen Vorderzähne auf das vortrefflichste zur Geltung kamen. Zwei gotische Kirchtürme auf seinem Kopf, der linke ein Stück höher als der rechte und beide so baufällig, daß sie jeden Moment einzustürzen drohten: das waren seine Ohren. Als ich mich an den Tisch setzte, gab er mir durch ein asthmatisches Knurren zu verstehen, daß die Gefühle, die ich ihm entgegenbrachte, dieselben waren, die er mir gegenüber hegte. Er fixierte mich scheel mit seinem rechten blauen Auge, während er mit seinem braunen linken, dessen Iris von einem weißlichen Hof umgeben war, an mir vorbei zur Decke blickte.

„Keine Angst, er beißt nicht", sagte mein Freund.

Es waren die typischen Worte, mit denen Hundebesitzer einen zu beruhigen versuchen und für die man, vertraut man ihnen allzu sehr, dann und wann mit einem zerrissenen Hosenbein oder einer blutigen Hand bezahlt.

„Das habe ich auch nicht erwartet", erwiderte ich und dachte: Genau das traue ich diesem schielenden Gnom zu; er wird die erstbeste Gelegenheit nutzen, um seine ekelhaften Zähne an meinen Waden auszuprobieren.

Der Kellner kam, und auch ihn knurrte das Scheusal an, bevor es sich beruhigte und seinen Kopf auf eine seiner Vorderpfoten legte. Ich bestellte einen leichten Weißwein und fragte mich, wie mein Freund zu diesem Hund gekommen war. Ich wußte, daß er Tiere mochte und er sich am liebsten mit einem ganzen Zoo umgeben hätte, aber Karin, die in ihrer Ehe meist das letzte Wort hatte, hatte stets einen triftigen Grund gefunden, der gegen die Anschaffung eines größeren Haustieres sprach. Selbst als er sich vor ein paar Jahren ein Aquarium kaufte, hatte sie seine Ansprüche von zweihundert Liter auf hundert heruntergeschraubt.

„Du fragst dich sicher, warum wir uns von heute auf morgen einen Hund zugelegt haben", sagte mein Freund, als hätte er meine Gedanken gelesen und gab mir gleich die Antwort: „Schuld daran ist, wenn du so willst, unser Urlaub."

Er und Karin waren gerade von einem zweiwöchigen Urlaub auf La Gomera zurückgekommen, aber ich sah keinen Zusammenhang. Ich fragte ihn: „Was hat euer Urlaub damit zu tun?"

„Das ist eine längere Geschichte", sagte er und begann: „Es war in San Sebastian, am dritten oder vierten Tag unseres Urlaubs. Wir aßen in einem kleinen Lokal zu Abend und unterhielten uns anschließend noch bei einer Flasche Wein. Karin schwärmte von Jane Austens Roman *Mansfield Park*, den sie gerade gelesen hatte. Ich hatte ihr das Buch empfohlen, obwohl sich meine Begeisterung dafür in Grenzen hält."

Er war erfreut von mir zu hören, daß ich den Roman kannte und auch ich ihm nicht viel abgewinnen konnte. In puncto Literatur stimmten wir weitgehend überein, und in letzter Zeit rückten wir noch enger zusammen, weil unsere Frauen unserem Literaturgeschmack von Kurs zu Kurs schmerzhaftere Stiche versetzten.

„Wir unterhielten uns über alles mögliche", erzählte er weiter, „über erloschene Fixsterne, deren Licht uns noch nach Jahrmillionen erreicht, über Schwarze Löcher und den Urknall, und plötzlich, ich weiß nicht wie, waren wir bei Mayas und Azteken angelangt und diskutierten, ob die indianischen Hochkulturen ihre Entwicklung einem Anstoß von außen verdankten, wie einige Forscher, und auch ich, meinen. Die Parallelen zum alten Ägypten drängen sich doch geradezu auf."

„Du weißt, ich bin nicht dieser Ansicht", widersprach ich ihm. Es war nicht das erste Mal, daß wir uns über dieses Thema stritten. Den Floh hatten ihm fragwürdige Autoritäten wie Erich von Däniken und Thor Heyerdahl ins Ohr gesetzt, auf die er sich gern berief, besonders auf letzteren wegen seiner Atlantiküberquerung in einem Papyrusboot. „Also gut", sagte ich, „nehmen wir einmal an, die alten Ägypter seien in Mittelamerika gewesen und hätten die primitive einheimische Bevölkerung zum Bau gigantischer Pyramiden angeleitet. Wie erklärst du dir dann, daß das Rad bis zur Ankunft der Spanier in der Neuen Welt unbekannt war, eine bahnbrechende Errungenschaft, von der man im alten Ägypten täglich Gebrauch machte?"

Er überlegte eine Weile, ehe er antwortete: „Vielleicht geriet die Erfindung des Rades in Amerika bis zum Eintreffen von Kolumbus in Vergessenheit." Aber er merkte, daß dies ein schwacher Einwand war. Wie immer, wenn ich ihm an diesem Punkt Schach bot, machte er einen regelwidrigen Zug, um sich mit dem Hinweis auf eine vorgeschichtliche, weltumspannende Urkultur außerirdischen Ursprungs, von deren Existenz er überzeugt war, zu befreien. Mehr aus Spaß als im Ernst ging ich noch einmal auf seine erste These ein.

„Hast du schon mal darüber nachgedacht", fragte ich ihn, „daß sich bei keinem indianischen Volk ein Zeugnis einer Hauskatze findet, weder eine Skulptur noch eine Mumie von ihnen, obwohl Katzen den Menschen vom Nil heilig waren und sie deren Verehrung auf vielfältige Weise zum Ausdruck brachten?"

Ich erwartete nicht, mit Katzen seinen Irrglauben zu erschüttern, nachdem es mir mit dem Rad mißlungen war. Um so erstaunter war ich, als er mir zur Antwort gab:

„Nein, daran habe ich noch nicht gedacht, aber ich gebe zu, der Gedanke hat etwas für sich. Wenn ich mir überlege, daß ich der Entdecker eines neuen Landes gewesen wäre, hätte ich dort bestimmt meinen Hund in irgendeiner Form verewigt."

Ich sah ihn an, um mich zu vergewissern, ob er es ernst meinte. Es hatte nicht den Anschein, daß es ein Scherz war. Ich wollte sagen: Falls jemals ein alter Ägypter seinen Fuß auf amerikanischen Boden gesetzt hat, allen wissenschaftlichen Ergebnissen zum Trotz, so hat er, wenn er einen Hund dabei hatte, der dem Ungeheuer da unten halbwegs ähnlich war, wenigstens einen guten Geschmack bewiesen, indem er ihm kein Denkmal setzte. Aber ich hielt den Mund.

Unter dem Tisch war ein Grollen zu hören. Aha, noch jemand, der meine Gedanken lesen kann, dachte ich und zog meine Beine zurück, die ich leichtsinnigerweise ein wenig ausgestreckt hatte.

„Kurz und gut", fuhr mein Freund fort, „gegen elf Uhr verließen wir das Lokal. Wir unterhielten uns noch immer über Gott und die Welt und stolperten draußen fast über einen Hund, der es sich vor der Tür bequem gemacht hatte. Er zögerte keine Sekunde, sprang auf und stellte sich selbstbewußt vor uns in Positur, wobei er uns einen vorwurfsvollen Blick zuwarf, als wollte er sagen: Da seid ihr ja endlich, wird auch Zeit!

‚Hallo Jimi', begrüßte ich ihn, beinahe wie einen alten Freund, auch wenn Jimi sicherlich nicht sein richtiger Name war, falls er überhaupt einen Namen hatte. Aber nach der Lektüre von *Kariuki*, einer Erzählung des kenianischen Schriftstellers Meja Mwangi, nennen wir jeden Hund seines Schlages Jimi, was auf Suaheli schlicht Hund bedeutet. Kennst du das Buch?"

„Nein", sagte ich."

„Es ist die Geschichte eines kenianischen Jungen während des Mau-Mau-Aufstandes. Jimis, die Dorfhunde, kommen als Randfiguren darin vor. Sie führen ein eigenwilliges Leben, scheinen allen und niemandem zu gehören, sind Gesetzlose, die im Dorf herumlungern und sich gegenüber Schwarzen nicht anders benehmen als gegenüber Weißen. Für ein Abenteuer sind sie immer zu haben. Sie stehen auf der untersten Stufe der Hundegesellschaft, noch tiefer als herkömmliche Straßenköter, Parias sozusagen. Sie sind, gleich welchen Geschlechts, mittelgroß, haben einen schmalen Kopf, aufrechtstehende Ohren und ein kurzes glattes Fell von schmutzigweißer bis rötlichbrauner Farbe. Aber sie können auch schwarz oder gescheckt sein, kleinwüchsig und struppig. Nur eines sind sie nicht: fett. Ein Jimi, der etwas auf sich hält, ist spindeldürr, ein wandelndes Skelett, über das ein mehr oder minder schütteres Fell gespannt ist, das die ganze Konstruktion zusammenhält."

Der Kellner brachte meinen Wein und stellte das Glas vor mir auf den Tisch. Weil er dem Hund mißtraute und respektvoll Abstand von ihm hielt, beugte er sich dabei so weit vor, als wollte er vor mir einen Diener machen, und er hätte sich wohl kaum um ein gequältes Lächeln bemüht, wenn er uns nicht schon so lange gekannt hätte.

„Mit dem landläufigen Bild eines Hundes hatte unser Jimi also wenig gemein", erzählte mein Freund weiter. „Mit seinen langen dünnen Spinnenbeinen und seiner spitz zulaufenden Raketenschnauze kam er einem Windhund, den man auf Diät gesetzt hat, noch am nächsten. Er erinnerte uns, obwohl er ein Rüde war, an eine Hündin, die wir in den Bergen von Madeira bei einer Kaninchenjagd gesehen hatten und die uns durch ihr besonderes Geschick beim Apportieren aufgefallen war. Er hatte die gleiche Statur wie sie, das gleiche kurze, gelbe Fell, die braunen Augen, die braune Nase, war genauso mager. Kurzum, er glich ihr aufs Haar. Nur in einem unterschied er sich von ihr: Er hatte nur drei Beine. Das rechte Vorderbein fehlte ihm.

„Ein Unfall?" fragte ich.

„Gut möglich. Hunde wie er leben nicht ungefährlich. Vielleicht hatte ihn ein Autofahrer angefahren oder ein Sonntagsjäger aus Versehen angeschossen.

„Wie ich dich kenne, hast du ihn gleich in die Arme geschlossen und nicht mehr losgelassen."

„Ja, das hatte ich vor, aber Karin hielt mich davon ab. Sie erinnerte mich an ähnliche Begegnungen daheim, bei denen ich die Hoffnung von Hunden und Katzen, die Anschluß an uns suchten, erst heiß genährt und dann vor unserer Haustür auf das schmählichste enttäuscht hatte. Und so sagte ich schweren Herzens: ‚Na gut, laß uns gehen und so tun, als wären wir ihm nie begegnet.' Das taten wir dann auch und schlugen den Weg zu unserem Hotel ein, das auf einem Felsplateau über der Stadt lag. Bis dorthin war es entlang der Fahrstraße zu Fuß eine knappe halbe Stunde, aber wir entschieden uns für eine Abkürzung, die durch enge, steile Gassen und über viele Treppen bergan führte. Jimi blickte mit fröhlichem Gesicht zu uns auf und wedelte vergnügt mit dem Schwanz: Na meinetwegen, schien er zu denken, wenn ihr nicht wollt, daß ich euch folge, dann laufe ich euch eben voran. Und im Nu hatte er das erste Dutzend Treppen genommen, wie man es einem Hund, der nur drei Beine hat, nicht zugetraut hätte. Dazu schaute er über die Schulter, und seine Augen frohlockten: Kommt und zeigt mir, ob ihr das genauso gut könnt! Um es gleich vorwegzunehmen: Uns fiel das Treppensteigen nicht so leicht wie ihm; durch das Essen und den Wein hatten wir Blei an den Füßen. Karin spottete über die geschönte Angabe des Reiseveranstalters, der zufolge die Entfernung zwischen der Stadt und unserem Hotel nur ein Katzensprung war. Ich wünschte uns ein Taxi, während Jimi sich der Hausecken erfreute, an denen er mit erhobenem Hinterbein seine Visitenkarte hinterließ.

Wir waren noch nicht weit gegangen, als auf dem Dach eines Hauses ein Hund bellte, ein zweiter ihm auf einem

Balkon antwortete und in Windeseile sich unter den Hunden des Viertels herumgesprochen hatte, daß ein Strolch, begleitet von zwei Fremden, durch die Gassen schlich, ein Habenichts, der nicht an der Leine lief und keinen Anspruch auf einen randvollen Freßnapf hatte, wie es ihrem hohen Stande gemäß war. Von überall bellte, keifte, jaulte, kläffte es: Schurken sind unterwegs, seid auf der Hut, bewacht die Häuser, weckt Mann, Weib und Kind! Wir gaben uns Mühe, den alarmierten Wachen keinen Grund zu liefern, noch mehr Krach zu schlagen, und das wäre uns wahrscheinlich auch geglückt, hätte Jimi nicht das Gegenteil gewollt und seinen ganzen Ehrgeiz darauf verwendet, aus den Sturmglocken das letzte herauszuholen.

Da war ein Spaniel, der uns von einer Dachterrasse mit beflissenem Gebell empfing, in das von einer Veranda gegenüber eine Pudeldame aus nachbarlicher Solidarität einstimmte, um den schlechten Ruf, der uns vorauseilte, im Duett zu kolportieren. Aber das reichte Jimi nicht. Er mußte sich partout vor den Augen des Spaniels unten an der Haustür postieren und seine Visitenkarte am Türrahmen anbringen, worüber sich der Hausherr, wer wollte es ihm verdenken, so sehr empörte, daß er den Abstand zwischen sich und der Gasse glatt vergaß und sich anschickte, dem Flegel aus sechs Meter Höhe ins Kreuz zu springen. Im letzten Augenblick besann er sich und sprang nicht, statt dessen knöpfte er sich in seiner Wut ein paar Geranientöpfe vor, die er, während er wie von Sinnen über die Dachterrasse fegte, mit lautem Getöse umstieß.

Aber auch damit gab sich Jimi nicht zufrieden. Nachdem er den Spaniel so weit gebracht hatte, daß sich seine Stimme zwischendurch anhörte wie eine mit Sand und Scherben gefüllte Rassel, stattete er drüben der Pudeldame einen Besuch ab. Wie zu erwarten, legte sie keinen Wert auf seine Bekanntschaft, und obwohl einen Kopf kleiner als er, warf sie sich ihm mutig entgegen, nur das Seil, mit dem sie an einen Wäschepfahl angebunden war, verhinderte, daß sie ihm an die Kehle fuhr. Hilflos mußte sie mit ansehen, wie er in ihr Privatleben eindrang und in ihrer ureigenen Domäne herumschnüffelte, um intime Erkundigungen über sie einzuholen. Ihr Stimmchen hämmerte vor Entrüstung, auf und zu ging das Mäulchen, aus dem die Töne schossen wie aus einem Maschinengewehr die Kugeln, Salve auf Salve. Aber, oh wundersame Chemie der Geschlechter, je standhafter sich der ungebetene Gast unter der Kanonade erwies, desto weicher wurde das versteinerte Herz der Pudeldame. Vorn noch wilder Aufruhr, waren hinten an ihr schon erste Anzeichen eines Stimmungsumschwungs zu erkennen. Ihr Stummelschwänzchen strafte ihren Zorn Lügen, munter wedelnd offenbarte es ihre wahren Gefühle.

Jimi hatte verstanden: stramme Haltung, ein kurzer, fester Blick, ein freundlicher Gruß mit dem Schwanz, und die Pudeldame gab sich geschlagen. Sie verstummte schlagartig und ließ es geschehen, daß Jimi, Bettler und Krüppel, ihr seine Aufwartung machte. Das war für den Spaniel, der die Szene von oben verfolgte, zu viel. Er drehte völlig durch, und in seiner rasenden Eifersucht mußten noch mehr Blumentöpfe daran glauben. Im Haus gingen die Lichter an, eins zwei, drei ... Das ganze Haus war durch den Krach geweckt. Auch auf der Dachterrasse leuchtete eine Lampe auf, und eine beleibte Frau im Morgenmantel erschien dort. Sie rief den Spaniel zu sich und gab ihm gleich ein paar hinter die Ohren. Für eine Sekunde war er still, dann tobte er, doppelt so wütend wie vorher, weiter, sauste zum Rand der Dachterrasse und bekräftigte das Urteil, das er über uns gefällt hatte. Die Frau folgte ihm und blickte, nicht gerade freundlich, auf uns herab. Nein, wir waren keine Einbrecher, bloß müde Touristen, die in ihr Bett wollten, und zum Beweis machten wir uns schleunigst fort, mit Jimi an der Spitze, der der Pudeldame den Laufpaß gegeben hatte, als er uns losmarschieren sah. Das Echo ihrer gekränkten Eitelkeit hallte uns bis zum Hotelgelände nach. Vor der Zufahrt blieb Jimi stehen, blickte auf die erleuchtete Stadt unter uns und lauschte dem Konzert, das ihm die Hunde von San Sebastian voll Ingrimm gaben, und dort verharrte er noch immer, als wir uns vor dem Hoteleingang noch einmal nach ihm umschauten."

Mein Freund griff nach seinem halbvollen Bierglas, setzte es an den Mund und kippte es in einem Zug hinunter. Es war sein erstes Bier, seit ich mich zu ihm gesetzt hatte, aber nach den Strichen auf seinem Bierdeckel zu urteilen, hatte er schon mehrere getrunken, bevor ich eingetroffen war. Mit hochgehaltenem Glas signalisierte er dem Kellner, daß er nichts mehr zu trinken hatte, entschuldigte sich bei mir und ging zur Toilette. Ich war mit dem Hund allein und war gespannt, zu welcher Teufelei er fähig war. Aber er setzte sich nur auf und schaute unablässig nach der Toilettentür, hinter der mein Freund verschwunden war. Er schien sehr an ihm zu hängen, selbst den Kellner beachtete er diesmal nicht, als er das Bier für meinen Freund brachte. Ich nutzte die Gelegenheit, um mir meinen Tischgenossen genauer anzusehen und fand mein erstes Urteil über ihn bestätigt: Er war wahrhaftig eine Schande für seine Gattung. Aber etwas war mir bis jetzt an ihm entgangen, etwas, das mich wie ein Blitz traf: Ihm fehlte ein Vorderbein, das rechte! Sollte er jener Jimi sein, von dem mir mein Freund erzählte hatte? Einiges sprach dafür: das fehlende Bein, die Farbe seines Fells.

Andererseits hatte mein Freund nichts davon gesagt, daß dieser Jimi schielte oder ein schiefes Maul hatte. Mit Hilfe einer Zigarette versuchte ich der Sache auf die Spur zu kommen. Es war meine erste Zigarette an diesem Abend, denn ich war gerade dabei, mir das Rauchen abzugewöhnen. Als mein Freund zurückkam, drückte ich sie aus, ohne das Rätsel gelöst zu haben.

„Hattest du dir nicht vorgenommen, nicht mehr zu rauchen?" sagte er, während er sich setzte und der Hund einen Freudentanz aufführte, als wären sie Wochen voneinander getrennt gewesen.

„Nur ein kleiner Rückfall", erwiderte ich und war froh, daß er das Thema nicht vertiefte, sondern den Faden seiner Geschichte wieder aufnahm.

„Vor dem Hotelgelände trennten sich also unsere Wege und wir ließen ihn zurück, wie schon vor ihm so manchen Hund und so manche Katze, die sich uns mit zu hohen Erwartungen angeschlossen hatten", fuhr er fort. „Aber diesmal hatte ich mir nichts vorzuwerfen. Ich hatte ihn nicht ermuntert, uns zu begleiten, sondern er hatte es ganz von sich aus getan.

Nun, wie es so geht, am nächsten Tag dachten wir nicht mehr an ihn. Wir machten einen Ausflug in die Berge und wanderten im Innern der Insel durch die urwüchsigen Lorbeerwälder. Gegen vier Uhr nachmittags kamen wir nach San Sebastian zurück, müde und mit einem Bärenhunger, denn wir hatten seit dem Frühstück so gut wie nichts mehr gegessen. Die Siesta war noch nicht vorüber, weshalb wir vergebens nach einem Restaurant suchten, das geöffnet hatte, und so gingen wir in eine Bar, um die Zeit bis zum Abendessen mit ein paar Tapas zu überbrücken. Wir waren allein in der Bar, das heißt allein bis auf den Wirt, der hinter der Theke Gläser spülte, und

einen Mann in einem blauen Overall, der mit dem Spielautomaten am Eingang der Bar verwachsen schien, eine
Münze nach der anderen in ihn einwarf, als handele es
sich um einen hungrigen jungen Vogel, und, auf die rotie-
renden Drehscheiben und die magisch blinkenden Lich-
tern stierend, Knöpfe und Tasten drückte, um das Glück
zu zwingen. Tatsächlich spuckte der Automat manchmal
einige Münzen aus, aber der Mann sorgte dafür, daß sie
sogleich wieder in ihm verschwanden.

Wir aßen unsere Tapas und tranken danach noch einen
Kaffee. Dann gaben wir dem Wirt ein Zeichen, daß wir
zahlen wollten, doch er übersah es; das Spülen seiner Gläser, mit dem er sich auch jetzt abgab, schien ihm wichtiger
zu sein. Der Spielautomat gab unterdessen einen fast
menschlichen Seufzer von sich und stand still. Der Mann
durchwühlte seinen Taschen, fand aber offenbar nicht,
nach was er suchte. Er löste sich aus dem Bann des Automaten und blickte um sich, wobei er uns bemerkte,
wahrscheinlich zum ersten Mal, und kam zu unserem
Tisch. In seiner klobigen Linken hielt er mir eine Anzahl
Peseten hin, auf die er überflüssigerweise mit seiner
Rechten deutete. Dazu murmelte er etwas auf spanisch,
das wir nicht verstanden, weshalb er sich auf die Zeichen-
sprache verlegte, mit seinem Kopf auf den Spielautomaten
wies und dann mit dem Finger auf mein Portemonnaie,
das vor mir auf dem Tisch lag, und ‚Cien' sagte. Wir vermuteten, daß ihm die Hundert-Peseten-Münzen, die er für
das Spiel am Automaten brauchte, ausgegangen waren.
Und so war es auch. Ich gab ihm eine, die einzige, die ich
in meinem Portemonnaie gefunden hatte, und er nahm sie
so selbstverständlich, als wäre ich bei ihm zum Geldwech-
seln angestellt. Er reichte mir das Wechselgeld, aber bevor
ich danach greifen konnte, vielleicht zögerte ich zu lange,

zog er die Hand weg, ging zurück zu dem Spielautomaten und setzte ihn mit der Münze, die ich ihm gegeben hatte, wieder in Gang.

Endlich bequemte sich der Wirt, uns die Rechnung zu bringen. Wir bezahlten und verließen die Bar. Kaum waren wir draußen auf der Straße, hörten wir hinter uns ein Klirren und Klimpern, begleitet von der schrillen Dissonanz eines mißglückten Trompetenstoßes. Wir hätten uns gar nicht umzudrehen brauchen, auch so hätten wir gewußt, was es bedeutete: Der Mann hatte den Hauptgewinn erzielt. Die Schale vor dem Spielautomaten lief fast über, und er beeilte sich, die vielen Münzen mit seinen Pranken in seine Taschen zu schaufeln, von denen sein Overall genügend besaß. Als er seinen Gewinn verstaut hatte, kam er mit unbeweglicher Miene aus der Bar und ging achtlos an uns vorüber, als wären wir gar nicht vorhanden. Ich meine, ein anderer hätte sich wahrscheinlich bei uns bedankt. Zwar waren es nur hundert Peseten, aber es war immerhin unser Geld gewesen, das ihm Glück gebracht hatte. Karin lachte und brachte es, frei nach Mark Twain, auf den Punkt: ‚Wenn du einen kranken Hund gesund pflegst, so wird er es dir fortan danken. Das ist der Unterschied zwischen Mensch und Tier.‘ Zufällig schaute ich auf die andere Straßenseite, und dort entdeckte ich Jimi. ‚Da hast du den Beweis‘, sagte ich und deutete auf Jimi, der zielstrebig die Straße überquerte. Unaufdringlich wie bei unserem ersten Zusammentreffen schloß er sich uns an, mit jener rätselhaften Vertrautheit, zu der wir, außer ein paar freundlichen Worten, nichts beigetragen hatten.“

„Merkwürdiger Zufall“, sagte ich.

„Ja, sonderbar. Offensichtlich hatte er uns erwartet, jedenfalls war er nicht überrascht, uns wiederzusehen. Als wir uns auf den Weg zu unserem Mietwagen machten, den wir ein paar Straßen weiter geparkt hatten, übernahm er wieder die Führung und geleitete uns, sicher wie ein Kompaß, zu unserem Ziel. Ich weiß nicht, wie er das fertigbrachte. Hatte er beobachtet, wo wir den Wagen abgestellt hatten oder konnte er hellsehen? Du magst mich für einen unverbesserlichen Phantasten halten, aber ich glaube, er besaß tatsächlich eine hellseherische Gabe, denn wann immer wir uns in den folgenden Tagen in der Stadt aufhielten, er spürte uns mit untrüglichem Instinkt auf. Gingen wir in ein Café, verließen wir ein Lokal, standen wir vor der Auslage eines Geschäfts, bummelten wir über den Markt – immer war Jimi wie durch Zauberei zur Stelle. Beim dritten oder vierten Mal ergab es sich, daß wir an einem Supermarkt vorbeikamen. Ich konnte der Versuchung nicht widerstehen, warf alle guten Vorsätze über Bord und betrat den Laden, aus dem ich wenig später wieder herauskam, mit einer in Kunststoffolie eingeschweißten Wurst. Ich packte sie aus und gab sie Jimi zu fressen. Ich erwartete, daß er sie, unterernährt wie er war, sofort verschlingen würde, aber das tat er nicht. Statt dessen unterzog er sie mittels seiner Nase einer kritischen Prüfung, begutachtete sie wie ein Feinschmecker, der beste Qualität gewohnt ist. Dann erst ging er daran, sie langsam zu verzehren und wie es schien mit Widerwillen. Als er sie vertilgt hatte, schaute er uns traurig an, und in seinem Gesicht konnten wir lesen: Warum mußtet ihr mich so beleidigen?"

„Du meinst, die Wurst hat ihm nicht geschmeckt?"

„Das dachten wir zuerst auch. Ich warf einen Blick auf die Verpackung: die Wurst war blanke Chemie, so viele Zusatzstoffe enthielt sie. Vielleicht war er deshalb eingeschnappt. Mit dieser Erklärung gaben wir uns zufrieden.

Aber der Grund war ein ganz anderer, wie wir bald feststellten. Als er uns wieder einmal über den Weg lief, besorgte ich ihm gekochten Schinken, den besten, den ich auftreiben konnte. Und was glaubst du geschah?"

„Keine Ahnung", antwortete ich.

„Es spielte sich genau dasselbe ab, auch diesen teueren Schinken verzehrte er nur widerwillig und bedachte uns mit dem gleichen traurigen Blick. An dem Schinken war nichts auszusetzen, ich hatte ihn vorher probiert. Nein, weder die Wurst noch der Schinken hatten ihn gekränkt. Er war enttäuscht, weil wir seine Freundschaft über seinen Magen erkaufen wollten und wir nicht begriffen, daß er uns um unserer selbst willen mochte. Eine Eigenschaft, die nicht häufig anzutreffen ist, findest du nicht auch?"

Ich nickte und ergänzte: „Bei Menschen noch seltener als bei Tieren."

„Nach solchen Gunstbeweisen wären uns die meisten Hunde nicht mehr von den Fersen gewichen, er aber drängte sich uns auch jetzt nicht auf. Wir schlossen ihn dafür um so mehr ins Herz. Ich überlegte sogar, ihn mit nach Hause zu nehmen und sprach mit Karin darüber. Sie hielt nichts von meinem Vorschlag, weil damit das eigentliche Problem nicht gelöst wäre. Jimis Platz würde früher oder später ein anderes Hundegerippe einnehmen. Eine Kette ohne Ende, verstehst du?"

„Natürlich."

„Ich hätte außerdem auch gar nicht gewußt, wie wir einen fremden Hund außer Landes bringen sollten. Wir konnten Jimi ja nicht einfach in einen Koffer packen. Es hätte sicher eine Menge bürokratischer Hürden gegeben. So scheiterte meine Plan schon im ersten Anlauf."

Er unterbrach, trank einen Schluck und fuhr dann fort: „Unser letzter Urlaubstag kam. Wir fuhren vormittags ins

Stadtzentrum, um unseren Mietwagen abzugeben. Karin saß am Steuer. Auf der Fahrt kamen wir an der Bar vorbei, in der wir vor ein paar Tagen nach unserer Wanderung gewesen waren. Neben der Tür sah ich einen Mann in einem blauen Overall stehen. ,Ist das nicht unser Glückspilz?', sagte ich und zeigte nach rechts. ,Ja, das ist er', bestätigte Karin, wobei sie den Blick von der Straße nahm, nur ganz kurz, und hinüber zur Bar schaute, wo der Mann gerade seine Arme in die Höhe warf, als wollte er einen Schwarm hungriger Spatzen aus einem Kirschbaum verscheuchen. In dem Augenblick schoß vor uns etwas Gelbes zwischen den parkenden Autos hervor. ,Paß auf!', rief ich. Karin trat auf die Bremse, und gleich darauf hörten wir einen dumpfen Schlag, so als würde man mit einem Knüppel auf eine Blechtonne hauen. Nach ein paar Metern kam das Auto zum Stehen. Einen Moment lang waren wir wie gelähmt, dann stiegen wir aus dem Wagen, um nachzusehen, was passiert war. Hinter uns, mitten auf der Straße, lag ein Hund. Wir liefen zu der Stelle und sahen, daß es Jimi war. Wir hatten ihn überfahren! Er lag friedlich da, als ob er schliefe. Nichts deutete auf einen Unfall hin, wäre nicht das Blut gewesen, das aus seiner Nase sickerte. Ich kniete mich nieder, und was ich die ganze Zeit vermieden hatte, tat ich jetzt: Ich strich mit den Fingern durch sein räudiges Fell und hoffte auf ein Lebenszeichen von ihm. Doch Jimi rührte sich nicht. Ich blickte zu Karin auf und las die stumme Frage, die auf ihrem bleichen Gesicht lag. Ich schüttelte den Kopf.

Mittlerweile hatte sich ein Kreis von Leuten um uns gebildet, darunter auch der Mann im blauen Overall. Er schrie uns an und drohte uns mit der Faust. ,Was will der von uns?' sagte Karin mit matter Stimme. Ich wußte es auch nicht. Wer weiß, wie die Sache ausgegangen wäre, wenn nicht zufällig zwei Polizisten in einem Streifenwagen vorbeigekommen wären. Einer von ihnen sprach ein wenig Englisch, so daß wir uns mit ihm verständigen konnten. Wie wir von ihm erfuhren, gab sich der Mann als Besitzer von Jimi aus. Ausgerechnet dieser Kerl! Er behauptete, wir seien zu schnell gefahren, was nicht der Wahrheit entsprach, und wir sollten für den Verlust seines Hundes aufkommen. Mehrere Leute bezeugten jedoch, daß er Jimi mit einem Tritt aus der Bar verjagt hatte, kurz bevor er uns vor das Auto gelaufen war. Der Mann wurde daraufhin ziemlich kleinlaut. Schließlich packte er Jimi, schleifte seinen leblosen Körper wie einen nassen Sack von der Straße und verschwand mit ihm in einer Seitengasse."

Mein Freund trank sein Glas aus und verfolgte mit sehnsüchtigem Blick, wie ich meine zweite Zigarette anzündete. Wieder einmal meldete sich der alte Kettenraucher in ihm. Ich schob ihm mein Päckchen über den Tisch, doch er ignorierte es. Eine Weile spielte er mit seinem leeren Glas, drehte es in seiner Hand abwechselnd nach links und rechts, bevor er mir schließlich sagte, daß Karin und er gleich nach ihrem Urlaub in ein Tierheim gegangen waren, um einen Hund zu kaufen. Und ihre Wahl war auf dieses bedauernswerte Geschöpf gefallen. Als er geendet hatte, sah er mich fragend an. Was hätte ich ihm antworten sollen? Daß ich über Karins Wechsel ins Lager der Hundeliebhaber verwundert war, war sie doch nie ein großer Tierfreund gewesen, sowenig wie ich einer bin, der ich höchstens im Winter die Vögel vor meinem Fenster füttere. Oder hätte ich ihm sagen sollen, daß es sich bei dem Hund in Gomera wahrscheinlich um einen sogenannten Pharaonenhund gehandelt hat. Um eine uralte Hunderasse, die heute noch in den Mittelmeerländern verbreitet und auf Abbildungen in ägyptischen Tempeln und Gräbern zu sehen ist, schlanke Hunde mit schmalem Kopf und Stehohren. Und daß sich bei Mayas und Azteken kein Zeugnis findet, das auf die Existenz solcher Hunde hinweist und dies ein weiteres Indiz dafür ist, wie schräg seine Auffassung von einem Kontakt der indianischen Völker zum alten Ägypten ist. Ich hätte ihn auch fragen können, warum sie sich nicht für einen normalen Hund entschieden hatten. Mußte es unbedingt dieser sein? Statt dessen sagte ich nur: „Wie heißt er eigentlich?"

„Er hat noch keinen Namen. Wir wollten ihn Jimi nennen, aber das wäre doch ziemlich sentimental gewesen, findest du nicht?"

„Sicher", bekräftigte ich.

Der Hund schien anders darüber zu denken, denn beim Aussprechen des Namens hatte er gewinselt. Wahrscheinlich hörte er bereits auf den Namen Jimi, nur wollte es mein Freund vor mir nicht zugeben, weil es ihm peinlich war.

Es entstand eine Pause. Endlich sagte mein Freund, ein Blick auf seine Uhr werfend: „Es ist spät geworden, laß uns zahlen."

„Gut", sagte ich, „gehen wir."

Ich begleitete meinen Freund noch bis zur U-Bahn. Der Hund zerrte an der Leine, humpelte auf seinen drei Beinen von Baum zu Baum, von Laternenpfahl zu Laternenpfahl, schnüffelte an jedem und hob das Bein. Das diffuse Licht der Straßenlampen verbarg gnädig seine Häßlichkeit. An der U-Bahnstation verabschiedeten wir uns. Der Hund legte den Kopf schief und blickte zu mir auf. Ich nahm ein schwaches Zucken seines Schwanzes wahr und dachte: Wer weiß, vielleicht werden wir doch noch Freunde.

Ein letzter Schluck

Das Storchennest auf dem Scheunendach stand leer. Seit gestern war das lebhafte Klappern verstummt. Wie auf ein Kommando hatten sich alle Störche aus dem Umkreis versammelt und waren Richtung Süden gezogen. Der August neigte sich dem Ende zu. Ein Spatzenpaar untersuchte laut schilpend und zeternd das verlassene Nest. Um den alten Ziehbrunnen schwirrten die Schwalben auf der Jagd nach Insekten. Längst wurde kein Wasser mehr aus ihm geschöpft, denn es gab fließendes kaltes und warmes Wasser im Haus. Gleich den Maiskolben, die in Bündeln an der Hauswand hingen, blieb der Brunnen der Touristen wegen stehen – ein Stück Pußtaromantik, das auf Foto und Film ein bleibendes Andenken war; ein Stück Heimat auch und tagsüber Unterschlupf für eine dicke Wechselkröte.

Aber das alles – der geheimnisvolle Vogelzug und der idyllische Innenhof und der florierende Fremdenverkehr – alles das war Franz Kroiss gleichgültig. Er verfluchte in einem Atemzug das neue Weingesetz und seinen Traktor, der nicht ansprang. Er stieg vom Fahrersitz und setzte sich im Innenhof unter den Weidenbaum.

Er war Mitte Fünfzig. Seine Vorfahren kamen aus Bayern, zur Zeit Maria Theresias; seine Eltern, obwohl deutscher Herkunft, wurden in Ungarn geboren; seine Frau stammte aus Kroatien; er selbst war Österreicher, seinem Paß nach. Nichts Ungewöhnliches im Burgenland.

Seine Hände zitterten. Er unternahm keinen Versuch,

sie stillzuhalten. Es wäre zwecklos gewesen. Er kannte den Grund, warum sie zitterten, sehr gut kannte er ihn, und ebensogut wußte er, was er tun mußte, damit sie aufhörten zu zittern. Ein tüchtiger Schluck, und seine überspannten Nerven würden sich beruhigen.

Wie so oft suchte er nach einer Erklärung, warum es so weit mit ihm gekommen war. Seine Eltern hatten ihm erzählt, daß sie ihn als Säugling zur Arbeit mit aufs Feld nahmen. Dort ließen sie ihn dann im Gras liegend zurück wie ein Rehkitz. Wenn er unruhig wurde und weinte, kam seine Mutter und flößte ihm ein Schlückchen Wein ein, worauf er sich meist beruhigte und aufhörte zu weinen. So machten es damals in ihrem Dorf alle Mütter, und später, als er selbst Kinder hatte, wandte seine Frau auch bei ihnen diese Methode an. Sie alle waren von frühester Kindheit mit Alkohol vertraut. Mit einem Unterschied: Für die meisten war er lediglich ein Bestandteil ihres Lebens, für ein paar wenige, und zu diesen gehörte er, bestimmte er ihr Leben. Dabei schien alles so harmlos. Fast jeder trank Wein, wenn sich ihm die Gelegenheit dazu bot, wenn auch nicht viel: ein, zwei Gläser zu den Mahlzeiten, in den Arbeitspausen, nach einem Handel ... Sicher, im Gasthof oder bei festlichen Anlässen, da konnten es ein paar Gläser mehr werden, und nicht nur er hatte dann einen tüchtigen Rausch. Aber was war schon dabei? Es gehörte sich so. Doch bei ihm blieb es nicht bei den ein, zwei Gläsern, es wurden drei, vier und mehr am Tag, und irgendwann tat es der Wein allein nicht mehr und er brauchte schon am Morgen einen Schnaps. Heute jedoch hatte er noch keinen einzigen Tropfen getrunken, weder Wein noch Schnaps, obwohl der Tag bereits zur Neige ging.

Vielleicht wäre alles anders gekommen, wenn sein ältester Sohn nicht tödlich verunglückt wäre. Dieser Gedanke quälte ihn oft, denn es ließ sich nicht leugnen, daß er es war, der ihm zum achtzehnten Geburtstag das Auto schenkte und ihm zeigte, wie man auf der Landstraße zwischen Illmitz und Podersdorf mit hundertzwanzig in die Kurven ging, obwohl er es hätte besser wissen müssen. Die Strecke war berüchtigt und kostete in zehn Jahren fünfundachtzig Menschen das Leben. Sein Sohn wurde das sechsundachtzigste Opfer und seine Freundin, die mit ihm im Wagen saß, zum Krüppel. Oder lag es vielleicht doch nur an den alten Nußbäumen, die in Reih und Glied die Landstraße säumten? Der Kreisrat war dagegen, sie zu fällen und veranlaßte lediglich eine Geschwindigkeitsbegrenzung, an die sich jedoch kaum jemand hielt, und auch die Holzkreuze, die in Abständen zu beiden Seiten der Straße an die Unfallopfer erinnern sollten, schreckten nicht ab. Ja, der Kreisrat war schuld!

Aber wenn er für den Tod seines Sohnes nicht verantwortlich war, warum konnte er dann trotzdem nicht von der Flasche lassen? Er war ein Trinker, so oder so. Der Alkohol öffnete ihm die Pforte zu jenem Paradies, in dem die Wirklichkeit nur ein böser Traum, die Unwirklichkeit dagegen real ist. In diesem Zustand erlebte er Phantastisches. Wie an jenem Nachmittag, als er auf dem Dach des Rathauses fünf Löwen erblickte. Er rannte in den Gasthof und zerrte den Wirt am Arm auf die Straße, um ihm die seltsame Erscheinung zu zeigen. Aber von den Löwen keine Spur. Sie waren so plötzlich verschwunden, wie sie gekommen waren. Dafür brauste ein Storch auf einem Motorrad heran, kurvte rasant um den Dorfplatz und wäre um ein Haar in die Kirche gerast, wäre ihm der Pfarrer nicht zuvorgekommen und hätte gerade noch rechtzeitig vor ihm das Portal zugeschlagen.

Manche, darunter seine besten Freunde, behaupteten, er befinde sich im fortgeschrittenen Stadium von Delirium tremens. Aber er schenkte diesen Stimmen keinen Glauben, denn im Rausch war er von der Existenz dessen, was er sah, fest überzeugt, und wenn er halbwegs nüchtern war, konnte er sich an nichts mehr erinnern. Er tat es ab, als das übliche Gerede, bis zu dem Tag, an dem die ganze Nachbarschaft, angeführt von seiner Frau, in heilloser Aufregung zu ihm in die Küche gestürmt kam und sie wie aus einer Kehle schrien: „Wos is denn? Um Himmels wülln, wos is denn?"

„Die Hirschn! Seht 's nöt? Da kommen s'!" brüllte er zurück, und im nächsten Augenblick jagte er mit der Flinte eine weitere Ladung Schröt in den offenen Kühlschrank, aus dem er die Hirsche springen sah.

Drei Männer waren nötig, um ihm das Gewehr zu entwenden, und noch einmal so viele, um ihn in den Wagen zu zerren, der ihn nach Güssing in die Trinkerheilanstalt brachte. Besser gesagt, ins Irrenhaus, denn das war die landläufige Bezeichnung.

Wochenlang bedrohten ihn gräßliche Riesenspinnen, groß wie Ochsen, die ihre haarigen Beine gierig nach ihm ausstreckten, bevor sie langsam auf die normale Größe von Spinnen schrumpften und schließlich ganz verschwanden. Man nahm ihm die Zwangsjacke ab und verordnete ihm eine Schwimmtherapie, obwohl er gar nicht schwimmen konnte. Er, der den Neusiedler See direkt vor der Haustür hatte, mußte es erst lernen. Aber in seiner Kindheit und Jugend gab es von seinem Dorf aus noch keinen Zugang zum See, ausgenommen einer schmalen Fahrrinne, die durch das mannshohe Schilf hinaus aufs offene Wasser führte und den Fischerbooten und Blutegeln vorbehalten war. Erst später wurde der Damm gebaut, auf dem heute die Urlauber bequem in ihren Autos zum See gelangten. Da hatte er schon eine eigene Familie, den Hof von seinem Vater übernommen und keine Zeit mehr für solche brotlosen Künste wie Schwimmen. Außerdem war der See so seicht, daß es an vielen Stellen gar nicht erforderlich war. Er mußte erst ein Säufer werden, damit er in ein drei Meter tiefes Schwimmbecken steigen konnte, ohne darin zu ertrinken.

Nach einem halben Jahr entließen sie ihn aus der Anstalt, mit einer Urkunde, auf der bestätigt wurde, daß er den Freischwimmer erworben hatte. Sie wünschten ihm viel Glück und waren überzeugt, daß er es geschafft hatte und nie mehr zur Flasche greifen würde. Sie hatten nur eine Kleinigkeit vergessen: Für die Dorfbewohner kam er aus dem Irrenhaus. So sah es auch seine Frau. Sie zog keinen Schlußstrich unter seine Vergangenheit, mißtraute ihm, daß er dem Alkohol widerstehen konnte, und machte ihm von früh bis spät Vorhaltungen. Erst nachts hatte er Ruhe vor ihr, aber nur deshalb, weil sie es strikt ablehnte, mit einem Irren das Bett zu teilen. Er war verbannt ins Wohnzimmer. In den langen Nächten, in denen er allein und halb wach auf dem Sofa lag, konnte er schon die Witze hören, die man am Stammtisch über ihn erzählen würde. Ein Mann, den die Ehefrau aus dem Schlafzimmer vertrieben hatte, war ein dankbares Thema. Diese ahnungslosen Schwätzer, die er einmal seine Freunde nannte. Was wußten sie von dem Blumentopf, der die Hauswand traf und nicht seine Frau, nach der er gezielt hatte? Nach allem, was geschehen war, konnte er seine Frau verstehen, und jede Nacht schwor er, daß es nie mehr dazu kommen sollte. Doch mit dem ersten Hahnenschrei stimmte sie ihre ewige Litanei an. Sie zog durchs Haus und klagte, er habe sie und die Kinder im Stich gelassen, sechs Monate lang sei sie auf sich allein gestellt gewesen, die ganze Last ruhe ohnehin auf ihren Schultern, da brauche sie auch keinen Mann, ausgerechnet ihn mußte sie heiraten, auf ihre Eltern hätte sie hören sollen, aber nun sei es zu spät, die Leute zeigten mit den Fingern auf sie, kaum wage sie einkaufen zu gehen, er traue sich ja nicht auf die Straße, warum könne es bei ihnen nicht so sein wie in anderen Familien, die Nachbarn hätten jeden Sommer das Haus voller Feriengäste, wie könnten sie dastehen, an die Kinder denke er überhaupt nicht, Gott möge sich ihrer erbarmen, einen Irrsinnigen hätten sie zum Vater, den Ältesten habe er bereits auf dem Gewissen. Eines Morgens schließlich ging ihre Litanei in einem Hauch von Schnaps unter, der durchs Wohnzimmer zog.

Draußen auf der Straße bellte ein Hund. Kurz darauf kam zum Hoftor ein struppiger Köter herein. Zur Hälfte ungarischer Hirtenhund, zu einem Achtel Pudel, ein Schuß Terrier, eine Prise Dackel und der Rest undefinierbar, war er eine jener Promenadenmischungen, wie sie im Dorf fast vor jeder Haustür anzutreffen waren. Die Rassenanteile variierten, weshalb keiner wie der andere aussah. Gemeinsam war ihnen jedoch, daß sie gern ihre eigenen Wege gingen, sich häufig rauften und bestimmten Menschen gegenüber sehr anhänglich sein konnten.

Das traf auch auf den sandbraunen Bastard zu, der gemächlich über den Innenhof trottete und sich vor Franz Kroiss hinsetzte. Er wedelte fröhlich mit dem Schwanz und wartete mit gespitzten Ohren und wachen Augen darauf, daß sein Herr seine freundliche Begrüßung erwidern würde. Er war stets gut zu ihm gewesen und hatte ihm selbst im Vollrausch nichts zuleide getan. Er erwartete, daß er ihm den Kopf streichelte oder die Brust kraulte, wie er es immer tat. Aber er schien ihn gar nicht zu bemerken und schaute mit glasigen Augen an ihm vorbei. Er fing an zu winseln, dann zu kläffen, und schließlich knurrte er. Da traf ihn ein Schlag auf die Schnauze. Er jaulte auf und sah seinen Herrn verwundert an. Ein zweiter Schlag belehrte ihn, daß er sich nicht täuschte. Gekränkt zog er sich in eine Ecke des Innenhofes zurück, wo er sich hinlegte und in eine Welt blickte, die er nicht mehr verstand.

Franz Kroiss verschwendete keinen Gedanken an seinen Hund, den er zum ersten Mal geschlagen hatte, sondern dachte an seinen wirtschaftlichen Ruin. Es war ein Fehler gewesen, den Betrieb von heute auf morgen umzustellen. Aber wie konnte er das damals wissen? Er hatte getan, was die meisten Bauern im Ort auch getan hatten. Wie sie pflanzte er Weinstöcke, wo er früher Rüben, Kartoffeln und Getreide angebaut hatte. Die Winzergenossenschaft nahm ihm seinen Wein in großen Mengen ab und zahlte ihm dafür einen guten Preis. Dann kam dieses neue Gesetz. Es garantierte den Weinbauern nicht länger den Absatz ihrer überschüssigen Erträge auf Kosten des Staates, und sei es auch nur die Verarbeitung der Trauben zu Saft oder Essig. Es war die Antwort auf die Weinschwemme der letzten Jahre. Der Weinanbau, der früher oder später die Region in eine Weinwüste verwandelt hätte, war für manche nicht mehr lohnend. Für die Umweltschützer war es ein Erfolg, für ihn eine Katastrophe. Enten, Frösche, wilde Orchideen hatten wieder eine Zukunft, aber von ihnen konnte er nicht leben. Er hatte sich hoch verschuldet, das Haus mit einer Hypothek belastet. An seinem Traktor waren dringende Reparaturen fällig, aber wovon sollte er sie bezahlen?

Er warf einen Blick auf seine Hände: Sie zitterten noch immer, so stark wie schon lange nicht mehr. Und da waren sie wieder, die riesigen Spinnen und krochen auf ihn zu! Er sprang auf und schlug nach ihnen. Doch es half nichts. Sie umschlangen ihn mit ihren haarigen Beinen und schnürten ihm den Atem ab.

Aus seiner Ecke verfolgte der Hund das seltsame Schauspiel. Sein Herr lag im Kampf mit unsichtbaren Mächten, zerteilte mit seinen Armen die Luft, riß sein Hemd auf, wankte zum Schuppen und verschwand in ihm. Dort tobte der Kampf weiter. Es polterte, schepperte, krachte. Dann war es plötzlich still. Der Hund faßte sich ein Herz und schlich zum Schuppen, aber ein Stöhnen und Ächzen ließ ihn innehalten. Für einen Augenblick verstummten die Schwalben in ihren Nestern, bevor sie mit ihrem Gezwitscher fortfuhren. Der Hund nahm all seinen Mut zusammen und betrat den Schuppen. Ein beißender Geruch stieg ihm in die Nase. Er kam von einer blauen Flüssigkeit, die aus einem Kanister tröpfelte. Neben dem Kanister fand er seinen Herrn am Boden liegen. Seine Hände waren zusammengekrallt, in seinen Mundwinkeln stand Schaum, blauer Schaum. Er umkreiste winselnd seinen Herrn, stieß ihn mehrmals mit der Schnauze an, um ihn zum Aufstehen zu bewegen, aber er rührte sich nicht. Nach einer Weile gab er auf. Er verließ den Schuppen und kehrte zurück in den Innenhof. Dort setzte er sich nieder, hob seinen Kopf und klagte sein Leid dem goldenen Abendhimmel, von dem ein paar verspätete Wildgänse antworteten.

Schwerer Wein

In Joseph Kleins Weinkeller wurde mit Spannung die
Darbietung erwartet. Es war wie vor einer Theateraufführ-
rung. Jedoch sollte der Genuß in erster Linie nicht über
Augen und Ohren, sondern über den Gaumen gehen. In
freudiger Erwartung harrte man der Dinge, die da kommen sollten. Der Hauptdarsteller verbarg sich noch hinter
den Kulissen – in ehrwürdigen Holzfässern, in modernen
Edelstahltanks und in unzähligen Flaschen, in denen er
auf seinen Auftritt wartete. Aus einer der Flaschen zog Joseph Klein den Korken. Die Vorstellung begann. Ein
Probierglas nach dem anderen füllte sich zu einem Drittel
mit goldenem Wein. Joseph Klein prostete seinen Gästen
zu, die vor ihm in einem Halbkreis auf rohen Bänken
Platz genommen hatten.

Die verschiedensten Beweggründe hatten die kleine
Gruppe hier unten zusammengeführt. Herr und Frau Sekanina, ein älteres Ehepaar aus Wien, waren übers Wo-
chenende an den Neusiedler See gefahren und wollten den
Abend bei einem Glas Wein beschließen. Familie Herkenrath aus Dortmund sammelte Urlaubsgebiete wie Briefmarken und war zur Zeit dabei, das Burgenland in ihr Al-
bum zu kleben, wozu ihr eine Weinprobe unerläßlich
erschien. Die vier Hessen, zwei unverheiratete Paare,
wohnten oben im Gästehaus und waren der Einladung
des Gastgebers gerne gefolgt. Sie hatten den Seewinkel, in
dem sie jedes Jahr ihren Urlaub verbrachten, zu ihrer
Wahlheimat gemacht, wohingegen die beiden Biologiestu-

denten sich nach einem zweiwöchigen Studienurlaub inmitten einer üppigen Flora und Fauna zu Tode langweilten und sich von einer Weinprobe eine Linderung ihrer Qualen versprachen. Und schließlich Annegret Kilian, das vierzigjährige, aber bedeutend älter aussehende Fräulein aus Aachen, Bankangestellte von Beruf und Weinexpertin aus Passion. Sie gehörte zur Liga der Sauerweinfreunde. In deren Mission war sie hier.

„Der schmeckt zu süß", war ihr sachkundiges Urteil über den Wein, den sie gerade probierte. Sorten dieser Geschmacksrichtung pflegte sie, wenn überhaupt, nur gegen Ende, niemals aber zu Beginn einer Weinprobe zu kosten. Allein die Tatsache, daß kein herber Wein ausgeschenkt wurde, war in ihren Augen schon ein Sakrileg, aber daß zu allem Überfluß auch sie ihr Glas austrank, grenzte geradezu an Verrat. Wenn schon nicht mit Taten, so wollte sie wenigstens mit Worten für ihre Sache streiten. Das war sie sowohl ihrem Gewissen als auch ihren Bundesgenossen schuldig. Von diesen allerdings befand sich keiner unter den Anwesenden.

„Ob herb, ob lieblich, das ist doch nicht so wichtig. Hauptsache, es ist ein guter Tropfen", bemerkte Herr Sekanina. Durch eifriges Kopfnicken gaben ihm die Gleichgesinnten zu verstehen, daß sie seine Ansicht teilten. Das waren alle übrigen, mit Ausnahme der beiden Studenten, die unparteiisch waren. Sie strebten nach Objektivität und versuchten, eine Debatte über Pro und Contra herbeizuführen. Aber ein Ruländer kam ihnen zuvor und vereitelte ihr Vorhaben. Diese Spätlese übertraf den vorangegangenen Veltliner noch um einige Grad Öchsle. Von Annegret Kilians vielgepriesenem Essig war nicht mehr die Rede.

„Herr Klein, wie erreicht man eine solche Qualität?" wollte Herr Herkenrath wissen.

„Man muß schon einiges dafür tun", lautete die Antwort. „Schaun S', der Wein ist wie eine Frau – man muß ihn stets gut behandeln."

„Seit wann bauen Sie Wein an?" fragte Annegret Kilian, um von dem Vergleich, der sie peinlich berührte, abzulenken.

„Nach dem Krieg ham wir damit angefangen. Bei uns wird ja noch nicht lange Wein angebaut. Hier gab's früher nur Frucht und Kartoffeln. Aber vor allem hatten wir große Viehherden auf den Hutweiden. Nach Apetlon zu war damals fast alles noch Pußta, bis hin zur ungarischen Grenze. Im Winter ham wir Schilf geschnitten oder auf dem Eis Bisamratten mit Fallen gefangen. Die Felle wurden gut bezahlt. Drüben, in Mörbisch und Rust, hatten s' auch schon vor dem Krieg einen Wein. Wir ham hier a ganz andern Boden. Meist einen sehr sandigen, trocknen. Die Ruster und Mörbischer waren uns lange voraus. Aber ich glaub', heut ham wir a besseren Wein als sie, auch wenn sie's nicht wahrham woll'n."

„Ich entsinne mich gut", sagte einer der Hessen, „als wir zum ersten Mal hierherkamen, fanden wir ein verschlafenes Nest vor. Das war Mitte der sechziger Jahre. Abends waren die Straßen wie leergefegt. Nur ein paar alte Leute haben vor den Häusern gesessen – im Dunkeln. Straßenbeleuchtung gab's so gut wie keine, nicht einmal auf der Hauptstraße. Kaum eine Straße im Dorf war gepflastert. Das Auto hat eine riesige Staubfahne hinter sich hergezogen. Wahrhaftig, hier haben sich Fuchs und Hase gute Nacht gesagt!"

„O ja, Illmitz hat sich sehr entwickelt. Der Tourismus hat uns viel Geld gebracht. Wir haben aber auch eine Menge dafür getan. Zur Zeit baut die Gemeinde die zentralen Fahrwege aus. Entlang der Gehsteige sollen Bäume gepflanzt und Blumenbeete angelegt werden. Das ist nötig. Grad gestern hab' ich zu einem, der sich vor seiner Tür um nichts kümmert, gesagt: 'Die Fremden willst, aber tun willst nix dafür.' Man muß den Gästen etwas bieten, sonst bleiben sie aus."

Joseph Klein nahm eine neue Flasche und schenkte ein. „Das ist jetzt ein Muskat-Ottonel, eine Auslese. Der hat bei der letzten Weinprämierung eine Goldmedaille geholt." Er machte eine Pause, um das Urteil seiner Gäste abzuwarten. Der Ottonel ging wie Öl über ihre Lippen, und fast gleichzeitig ertönten von verschiedenen Seiten langgezogene Kehllaute, ähnlich dem Muhen von Kühen. Das war ihre Art, einen Spitzenwein zu prämieren.

„Wir legen sehr viel Wert auf Qualität", fuhr Joseph Klein fort. „Aber ohne die Hilfe meines Sohnes könnte ich mich nicht so mit dem Wein befassen. Nicht jeder hat das Glück, sein Lebenswerk bei seinen Kindern in guten Händen zu wissen. Mein Sohn wird den Betrieb weiterführen. Und auch die beiden Enkel scheinen ihrem Vater folgen zu wollen. Der ältere geht auf die Weinbauschule. Ob wir den Kleinen auf die höhere Schule schicken wie seine Schwester — sie besucht das Lyzeum in Frauenkirchen —, damit er später einmal studiert, überlegen wir noch. Neulich ist er zu mir gekommen und hat gesagt: 'Du, Opa, i brauch' ka Matura nöt. I mag lieber mit auf'n Acker.' Ich glaub', er will bloß nicht von zu Hause weg. In der Fremde fühlt er sich nicht wohl. Er hängt sehr an seiner Mutter. Begabt ist er, der Jüngste. Er versteht etwas vom Wein. Es wär' dann in unserer Familie die dritte Generation, die Weinbau betreibt. Das ist schon a großes Glück." Aus Joseph Klein sprach die Zufriedenheit eines Mannes, der sein Lebensziel erreicht hat und sogar noch ein gutes Stück darüber hinaus gelangt ist.

Seine Frau kam die Kellertreppe herunter und brachte eine Platte mit Broten, die dick mit Schmalz bestrichen und reichlich mit Paprika bestreut waren. Rebsorten, Jahrgänge und Qualitätsbezeichnungen wechselten in bunter Reihenfolge. Auf einen heurigen, weißen Welschriesling folgte ein roter Blaufränkisch und auf diesen eine Trockenbeerenauslese, ein Gewürztraminer, der seine Vorgänger vergessen machte.

Er war an einem Ort gediehen, an dem es im Sommer glühend heiß und knochentrocken war und der nicht umsonst den Namen „Hölle" trug. Die Sonne Pannoniens hatte ihm seine Glut, der Sandboden ihm seine Würze gegeben. Der See hatte das seinige getan, die Sonnenwärme gespeichert und dafür gesorgt, daß die Nächte lau, die Luft feucht und der Herbst lang und mild waren — das ideale Klima für den Botrytis, den Schimmelpilz, der den Beeren die edle Fäule verlieh. So hatte der Traminer genügend Süße vom Stock erhalten; kein zugesetzter Zucker verfälschte sein Wesen. Joseph Klein hatte ihn mit größter Sorgfalt behandelt. Zwei Jahre lagerte er in einem Eichenfaß, dann erst wurde er abgefüllt in wohlbehütete Flaschen. Nun funkelte er wie Bernstein in den Gläsern, schimmerte und strahlte wie der See und die Sonne selbst. Niemand fragte danach, ob er einen Preis erzielt hatte. Sein volles Bouquet sprach für sich.

Nach dem Genuß dieses Weines hatte Annegret Kilian das lachende Stadium erreicht. Mit ihren schulmeisterlichen Bemerkungen und ständigen Zwischenfragen war sie bei ihren Nebenleuten auf Nachsicht gestoßen. Der Wein hatte deren Duldsamkeit unendlich gesteigert. Außerdem teilten sie mit Annegret Kilian nicht acht Stunden täglich ein Zimmer in einem Büro, sondern saßen erst seit knapp zwei Stunden mit ihr zusammen in einem Weinkeller.

Doch das schrille Kichern, das sie ohne ersichtlichen Grund plötzlich ausstieß, löste in der Runde große Verwunderung aus, wenngleich man sich auch damit abfand.

Annegret Kilian glitt der Kugelschreiber aus der Hand. Er rutschte über das Heftchen, in dem sie alles Wichtige notiert hatte, und fiel klirrend zu Boden. Ihre letzte Eintragung war ein Vermerk über Werdegang und Eigenschaften des Gewürztraminers, der mit der Schlußbemerkung „erlesen" endete. Klammheimlich hatte sie die Fahne der Sauerweinfreunde gesenkt. Und während sie den Kugelschreiber vom Boden aufhob und ihre Notizen damit fortsetzte, daß hierzulande der Zuckergehalt des Mostes nicht in Öchsle-, sondern in Klosterneuburger Grad angegeben wird, warf sie einen verstohlenen Blick auf die kleine farblose Flasche, in welcher sich noch ein winziger Rest des Traminers befand, der sie zur Abtrünnigen gemacht hatte.

Es folgten Sherry und Portwein – zumindest nach Meinung der Gäste. Sie wurden von Joseph Klein eines Besseren belehrt, indem er die zwei Flaschen, in denen sie Sherry und Portwein vermuteten, von Hand zu Hand gehen ließ. Auf dem einen Etikett stand „Eiswein", auf dem anderen „Ausbruch"; letzteres, so erklärte er ihnen, bezeichne die Stufe zwischen Beeren- und Trockenbeerenauslese. Herr Herkenrath indessen war nach wie vor der Ansicht, es handele sich um Sherry und Portwein. Er versicherte, er habe beides schon oft genug getrunken, um den unverwechselbaren Geschmack unter Hunderten herauszukennen. Versuche, ihn von seinem Irrtum abzubringen, schlugen fehl. Er blieb bei seiner Behauptung, und später erzählte er zu Hause immer wieder, daß es im Burgenland einen erstklassigen Sherry und einen nicht minder vorzüglichen Portwein gebe. Zweiflern hielt er stets entgegen, er habe sie selbst probiert, sonst würde auch er es nicht glauben.

Zum Abschluß goß Joseph Klein die Gläser bis zum Rande voll mit einem Sämling, seiner Hausmarke, der ihm durch täglichen Genuß so vertraut war wie das Amen in der Kirche. Er hatte den Sämling davor bereits mehrmals empfohlen, zum, wie er sagte, „Neutralisieren", aber niemand hatte von dem Angebot Gebrauch gemacht. Im Vergleich zu den anderen Sorten war der Sämling außerordentlich herb, um nicht zu sagen sauer. Vor drei Stunden hätte er Annegret Kilians Herz vor Begeisterung höher schlagen lassen. Nun gelang es ihr nur unter Todesverachtung, das Glas zu leeren. Für Frau Herkenrath hingegen kam die Hausmarke gerade zur rechten Zeit. Ihre Kehle war vom schweren Wein dem Austrocknen nahe, und sie lechzte nach einer Erfrischung.

„Gez wird man wenigstens dat Zäpfgen naß", meinte sie und kippte das randvolle Glas mit einem Schluck hinunter, ohne eine Miene zu verziehen. „Ah, dat tut gut, woll", sagte sie in ihrem Dialekt, mit einem Seufzer der Erleichterung.

Je größer die Anzahl der geleerten Flaschen geworden war, um so mehr war das Hochdeutsche in den Hintergrund getreten. Mit Ausnahme von Joseph Klein, bei dem nach wie vor lediglich ein leichter Akzent zu hören war, redeten alle in ihrer Mundart. Unter dem Kellergewölbe war der Turm zu Babel ein zweites Mal eingestürzt. Die babylonische Sprachverwirrung blieb jedoch aus, denn der Wein sorgte wie ein Dolmetscher dafür, daß jeder den anderen verstand. Man begriff die Bedeutung von Wörtern, die man zuvor noch nie gehört hatte, so daß die Verständigung trotz des sprachlichen Durcheinanders eher besser wurde.

„Mal schaun, ob ich zum Nachspülen noch eine andere trockene Sorte für Sie finde", sagte Joseph Klein zu Frau Herkenrath. Während er nach einem geeigneten Wein suchte, hob Annegret Kilian zu einer Lobrede an.

„Sie haben sich wirklich sehr viel Mühe gegeben, Herr Klein", sagte sie salbungsvoll und bemüht um eine korrekte Aussprache. Beifallheischend blickte sie um sich. „Ihre Ausführungen waren überaus lehrreich", fuhr sie fort und dehnte dann das Lob auf ihre eigene Person aus. „Ich habe schon viele Weinproben mitgemacht und Seminare belegt und dafür einiges Geld ausgegeben, aber dat war bei weiten ..." An dieser Stelle unterbrach sie. Der Anlaß hierfür war nicht der Rückfall in ihren Dialekt, sondern die kleine farblose Flasche mit dem Gewürztraminer, auf die Joseph Klein bei seiner Suche nach Abhilfe für Frau Herkenraths Durst versehentlich gestoßen war. Wie ein leichtes Neigen der Flasche ergab, war der winzige Rest noch darin. Es war wirklich nur ein verschwindend kleiner Rest, aber doch groß genug, um Annegret Kilians Lobrede zu unterbrechen. Statt dessen reichte sie ihr Glas Joseph Klein, der sich geschmeichelt fühlte und ihre Geste zum Anlaß nahm, den kläglichen Rest, der von dem Traminer übriggeblieben war, in ihr Glas zu träufeln. Sie setzte es an ihre Lippen und hielt es so lange senkrecht, bis auch das allerletzte Tröpfchen ihre herausgestreckte Zunge erreicht hatte. Dann erst nahm sie das Glas vom Mund und folgte den anderen, die bereits die Treppe hinaufgingen, um den Weinkeller zu verlassen.

Herr Herkenrath trat als erster ins Freie. Die Zweige einer Trauerweide raschelten leise im Wind, und zwischen Oleandern und Agaven erklang das monotone Zirpen einer Grille. Aus einem verknitterten Zigarettenpäckchen holte er eine Zigarette hervor und kramte in seinen Taschen nach Feuer. Die Streichholzschachtel, nach der er suchte, fand sich in einer seiner Jackentaschen. Er nahm ein Streichholz heraus und rieb es gegen die Reibfläche der Schachtel. Das Streichholz flammte zischend auf, und kurz darauf brannte die Zigarette an seinem Mund. Diesen Augenblick hatte er die ganze Zeit über herbeigesehnt, denn im Weinkeller war ihm das Rauchen verwehrt gewesen. Tief sog er den Rauch ein, bis er in allen Winkeln seiner Lunge das vertraute Kitzeln spürte. Dann atmete er kräftig aus. Die dünne Rauchfahne, die aus seinem Mund kam, wurde von einer leichten Brise erfaßt und hinauf zum sternklaren Nachthimmel geweht, wo sie sich im Dunkel verlor. Er nahm einen zweiten Zug und fühlte sich danach so wohl, daß er am liebsten die ganze Welt umarmt hätte. Es war schön hier draußen und ihm fehlte es an nichts. Ein Glücksgefühl stieg in ihm auf. Aber etwas vermißte er doch. Es war nur eine Kleinigkeit und gar nicht weiter von Belang. Aber je länger er darüber nachdachte und je klarer ihm wurde, daß er diese Kleinigkeit noch eine Weile würde entbehren müssen, um so stärker wurde das Verlangen nach ihr. Und dieser Gedanke trübte seine Stimmung. Er zog an seiner Zigarette, in der Hoffnung, daß sich das Glücksgefühl wieder einstelle, aber es kam nicht. Im Gegenteil, seine Sehnsucht, die er nicht stillen konnte, wurde noch größer. Das Wenige, nach dem ihn verlangte und das ihm versagt blieb, war nun nicht mehr belanglos, sondern von größter Bedeutung und hatte Vorrang vor allem andern, ja es war im Moment das einzig Bedeutsame überhaupt. Schließlich konnte er an nichts anderes mehr denken und er klagte wie ein einsamer Wolf dem Mond sein Leid, indem er zu ihm hochschaute und voll Wehmut sagte: „Gez en schönet Alt!"

Herr Sekanina, der, mit Flaschen beladen, behutsam die letzte Treppenstufe nahm, hörte den Stoßseufzer.

„Was wollen S' mit am Bier", meinte er. „Trinken S' mit uns noch a Flascherl."

Die vier Hessen, die Herrn Sekanina dicht auf den Fersen folgten und ebenfalls Flaschen bei sich trugen, bezogen diese Aufforderung auf sich. Sie luden nun ihrerseits die hinter ihnen gehende Frau Herkenrath ein, was diese wiederum dazu veranlaßte, eine Einladung an die Nachhut, Frau Sekanina und Annegret Kilian, auszusprechen. So kam es, daß sie wenig später im Innenhof unter der Trauerweide um einen Gartentisch saßen und fröhlich weiterzechten.

Die beiden Studenten standen abseits unschlüssig da. Sie hatten an ihren Gläsern meist nur genippt und waren deshalb von der guten Laune, welche die anderen hatten, nicht angesteckt. Die Langeweile befiel sie von neuem. Herr Sekanina, der ihre Abwesenheit als erster bemerkte, bat sie Platz zu nehmen. Dem stimmten alle zu, und Herr Herkenrath war bereits dabei, vom Nebentisch zwei Stühle zu holen. Aber die Studenten lehnten dankend ab, mit der Begründung, daß sie morgen schon um zehn Uhr in der Bibliothek der Biologischen Station sein wollten, was in der Runde allgemeines Gelächter hervorrief.

Inzwischen hatte Joseph Klein im Weinkeller aufgeräumt und war an den Tisch getreten. „Ja, da müssen S' wohl gehn, wenn S' morgen so früh aufstehn woll'n", sagte Joseph Klein mit liebenswürdigem Humor zu den Studenten, worauf das Lachen erneut anhob.

„Wer weiß, ob S' so bald wieder hierherkommen", gab Herr Sekanina zu bedenken. „Wenn S' wieder in Deutschland sind, werden S' am End' bereun, daß S' nein g'sagt ham. I könnt' auf so an Tropfen net verzichten. Es wär' schad' um die Gelegenheit. In Ihrem Alter kann man g'wiß was vertragen. So nehmen S' doch Platz, die Herrn."

Die Hessinnen warfen den Studenten ermunternde Blicke zu. Die jüngere der beiden lächelte sie an und machte eine unmißverständliche Kopfbewegung, sich doch an den Tisch zu setzen. Beiläufig strich sie mit der Hand durch ihr lockiges Haar, das wie ihre braunen Augen im Schein eines Kerzenlichtes verführerisch glänzte. Herr Herkenrath hätte sich nicht zweimal bitten lassen, denn er hatte bereits ein Auge auf die hübsche junge Frau geworfen. Aber weder Überredungskunst noch weiblicher Charme vermochten die beiden Studenten umzustimmen. Sie sagten gute Nacht und gingen.

Auch für Joseph Klein war es an der Zeit, sich zu verabschieden. Er wollte vor dem Schlafengehen noch einige dringende Rechnungen erledigen, obwohl ein langer Arbeitstag hinter ihm lag, er müde war und morgen früh spätestens um sechs Uhr wieder auf den Beinen sein mußte. So überließ er die Gäste sich selbst und dem Rebensaft. Als hinter ihm die Wohnungstür ins Schloß fiel, erklangen im Hof die Gläser.

Gegen Mitternacht hatte die Stimmung ihren Höhepunkt erreicht. Der Wein führte die Zungen. Im Hof wurden Stimmen laut, wie sie schon zu hören waren, als die Menschen noch in Höhlen hausten. Um sie zu verstehen, bedurfte es keiner größeren Anstrengung, als sich auf eben diese Entwicklungsstufe zu begeben. Dieser Schritt war unter der Trauerweide allseits getan.

Dann kam alles ganz plötzlich. Keiner am Tisch hatte eine Erklärung dafür. Was war in den jungen Mann aus Hessen gefahren? Lag es am Wein oder an der frischen Luft, oder was sonst veranlaßte ihn, mit einem Mal aufzuspringen und zu erklären, er sei stocknüchtern, obwohl niemand das Gegenteil behauptet hatte? Er sagte, er habe einen völlig klaren Kopf und sei im Vollbesitz seiner Kräfte; falls jemand daran zweifele, wolle er zum Beweis noch heute Nacht hinüber auf die andere Seite des Sees, zu Fuß, am Ufer entlang. Die anderen schwiegen, da ihnen das am klügsten erschien, doch gerade ihr Schweigen wirkte auf ihn wie ein rotes Tuch. Seine Freundin hielt ihn am Arm fest und flehte ihn an, sich wieder zu setzen. Für einen Moment sah es so aus, als ob sie Erfolg haben würde. Aber da sagte sein Freund: „Ei laß en doch, der kommt net weit." Gereizt wie ein Stier in der Arena riß er sich los und machte sich auf den über sechzig Kilometer langen Weg, der vor ihm lag. Die anderen glaubten nicht, daß er es ernst meinte, sofern sie aufgrund ihres eigenen Zustandes überhaupt imstande waren, die Lage zu beurteilen. Jedenfalls mischten sie sich nicht ein und ließen ihn ungehindert gehen. Am nächsten Morgen sollten ihn seine Freunde fast dreißig Kilometer entfernt auf einer Bank am Seeufer finden, wo er seinen Rausch ausschlief.

Der Hesse war noch nicht richtig zum Tor hinaus und die gesunkene Stimmung am Tisch eben dabei, sich wieder zu heben, als das Gelage ein zweites Mal unterbrochen wurde. Diesmal von einem fernen, anhaltenden Heulen, das die Zecher vor ein Rätsel stellte. Sie schwankten zwischen der Vermutung, daß es eine vom übermäßigen Weingenuß hervorgerufene Sinnestäuschung sei, und der Annahme, es handele sich um eine Sirene.

Zur selben Zeit schaltete der Sohn von Joseph Klein − soeben von einem Weinfest nach Hause gekehrt und schon mit einem Bein im Bett − das Licht im Schlafzimmer ein und schlüpfte geschwind in seine Kleider. Er war bei der Freiwilligen Feuerwehr und hatte die Feuerwehrsirene sogleich erkannt. Kurz darauf verließ er die Wohnung.

„Was ist los?" brandete ihm ein Chor von Stimmen entgegen, als er den Hof betrat.

„Sicher wieder falscher Alarm. Schon der zweite in dieser Woche. Was will man machen", gab er im Vorbeieilen hastig zur Antwort. Nun hatten die Zecher Klarheit und konnten sich wieder in Ruhe ihren Gläsern widmen. Dann aber hörten sie im Haus das Telefon klingeln. Voller Anspannung lauschten sie, damit ihnen nur ja kein Wort entging. Am Tisch wurde es vollkommen still. Nicht der kleinste Laut war zu vernehmen. Nur eine Grille zirpte ihnen zum Verdruß unermüdlich weiter. Drinnen im Haus nahm jemand den Hörer ab und eine Frauenstimme sagte: „A du bist's. – Wos! – A göh, dos wär' ja ganz hier in der Näh'! – Bei wem weißt nöt? – Du, i mach Schluß." Dann wurde hinter einem der Fenster die Gardine beiseite gezogen, das Fenster geöffnet und ein Kopf herausgestreckt.

„Es brennt. Grad um die Ecken!" rief Joseph Kleins Schwiegertochter den Gästen im Hof zu. Sie hatte den Satz kaum beendet, als diese wie ein Mann von den Stühlen aufsprangen, zum Tor liefen und, dort angelangt, in einem dichten Haufen auf die Straße drängten, um die Brandstätte ausfindig zu machen. Sie brauchten nicht lange zu suchen. Etwa hundert Meter von ihnen entfernt stieg über den Dächern eine dicke graue Rauchsäule auf. Dorthin lenkten sie ihre Schritte, mehr stolpernd als gehend. Vor einem Gemüsegarten, der zwischen ihnen und der Brandstätte lag, blieben sie stehen. Hier hatten sich bereits Schaulustige aus dem Dorf eingefunden.

Eine Scheune brannte. Aus einem zerstörten Teil des Daches züngelten die Flammen. Die Dachziegel begannen unter der enormen Hitze zu bersten; in einem Feuer waren sie gebrannt worden, in einem Feuer zerfielen sie. Die Feuerwehr war in vollem Einsatz. Ein kräftiger Wasserstrahl war auf das Dach gerichtet. Mit Geprassel und Geknister ging ein Regen von Funken hernieder. Der Strahl senkte sich und schoß fauchend ins Zentrum des Feuers. Heißer Dampf stieg auf. Ein zweiter Schlauch wurde angeschlossen; seine Fontäne setzte das Dach des angrenzenden Hauses unter Wasser.

Der Kampf der Elemente beflügelte Herrn Herkenraths Phantasie. Im Geiste sah er die Scheune bereits in Schutt und Asche liegen. In seiner Version siegte das Inferno, nicht die Feuerwehr.

„Dat schaffen die nie", meinte er. „Darauf geb' ich ein' aus." So sicher war er sich seiner Sache.

Herr Sekanina, der vom Gegenteil überzeugt war, faßte dies als Herausforderung auf.

„I denk', das is für die kein Problem", entgegnete er. „Sie werden das Feuer schon löschen. Warten S' ab."

In der Frage, ob die Scheune bis auf die Grundmauern niederbrennen würde oder die Feuerwehr den Brand vorher unter Kontrolle bekäme, schieden sich die Geister. Frau Herkenrath schlug sich auf die Seite ihres Ehemannes, und mit ihr Frau Sekanina, die in den Optimismus ihres eigenen Gatten kein Zutrauen hatte. Die drei Hessen schlossen sich der Meinung von Herrn Sekanina an. Annegret Kilian enthielt sich der Stimme. Ihr hatte es die Sprache verschlagen. Wie versteinert stand sie am Gartenzaun und schaute fassungslos hinüber auf das Feuer.

Unterdessen hatte sich eine Handvoll beherzter Feuerwehrleute und Nachbarn in Rauch und Flammen gestürzt. Jetzt kamen sie hustend wieder zum Vorschein – im

Schlepptau einen Anhänger mit einem leblosen Körper obenauf. Übertönt vom Lärm der Motorpumpe rief eine Stimme aus dem Halbdunkel:

„Den Gangl ham s' drinnen g'funden! Mit am Strick um Hals! Is nix mehr zu machen!" Vor dem Gemüsegarten ging die Nachricht von Mund zu Mund.

„Wat is?" fragte Frau Herkenrath und unterbrach den Disput über den Ausgang des Geschehens.

„Es hat einer die Scheune in Brand g'steckt und sich anschließend erhängt", antwortete ein Einheimischer.

„Jemand von hier?" wollte einer der Hessen wissen.

„Ja, der Gangl Hans."

„Wie a Mensch so etwas nur tun kann", sagte Herr Sekanina kopfschüttelnd.

„Der konnt's Trinken nöt lassen", erwiderte der Einheimische. „Wissen S', mit dem Wein is dos so a Sachen. Einer vertragt ihn, a andrer nöt. Und wenn S' dazu noch Schulden ham. Na, wenigstens war er schlau, der Gangl. Nöt so dumm wie der Kroiss. Der hat sich mit am Pflanzenschutzmittel um'bracht. Den muß's im Innern so g'sengt ham, daß er in den Zementboden, wo er g'legen hat, mit den Fingernageln a Abschiedsbrief 'kratzt hat. G'funden ham s' ihn mit Schaum vorm Mund. Und Augen, i sag' Ihnen: größer als a Zehn-Schilling-Münzen."

Annegret Kilian hörte wie gebannt zu. Sie hatte ihre Fassung noch nicht wieder gewonnen. Zuviel war an diesem Abend passiert. Sie hatte ihre Prinzipien verletzt, hatte den Sauerweinfreunden Lebewohl gesagt und mehr getrunken, als sie vertragen konnte. Dann das Feuer, und nun diese schreckliche Geschichte. Hinter ihr führten die Kontrahenten ihren Disput fort. Die Meinungen wogten hin und her. Der leidenschaftliche Wortwechsel endete erst, als das Feuer erloschen war. Die Scheune war bis zur

Hälfte abgebrannt. Annegret Kilian wollte etwas sagen, bekam aber keinen Ton heraus, und das hieß bei ihr schon etwas.

Es ist still um mich geworden, obwohl der Rummel um meine Person einmal groß war. Selbst im Ausland konnte ich früher nicht sicher sein, unerkannt zu bleiben, nicht einmal während meines letzten Urlaubs im fernen Mexiko. In einem kleinen Ort in Yucatán, dort, wo ich es am wenigsten erwartet hätte, stürzte auf dem Marktplatz eine Horde Jungen auf mich zu, die ein Autogramm von mir wollten. Nun gut, ich tat ihnen den Gefallen, das gehörte nun mal zu meinem Beruf. Aber die letzten Wochen vor meiner Abreise hatten mich sehr in Anspruch genommen. Dieses ganze Theater um meine konstante Leistung, über die ein Reporter das Gerücht verbreitete, ich verdanke sie einer speziellen Massagemethode meiner Freundin. In Wahrheit hatte mich meine Freundin am Swimmingpool bloß mit Sonnenöl eingerieben, und irgend jemand hatte ein Foto davon gemacht und es natürlich gleich einer Tageszeitung angeboten, die es prompt mit einem entsprechenden Kommentar versah und groß herausbrachte; mehr war an der ganzen Sache nicht dran. Ich war also froh, einmal auszuspannen, und je weiter weg von zu Hause, desto besser.

Ich weiß nicht, was mich in jener Nacht dazu trieb, aber ich stahl mich wie ein Dieb aus unserem Hotel, während meine Freundin fest schlief, und ging zu den Ruinen von Uxmal, die ganz in der Nähe lagen. Vielleicht tat ich es deshalb, weil ich mir in den Kopf gesetzt hatte, die Schrift der Mayas, die immer noch viele Rätsel birgt, zu entziffern. Für einen blutigen Laien wie mich ein kühner Plan, gewiß.

In der Ruinenstadt angekommen, tastete ich mich im fahlen Mondlicht die Stufen der großen Pyramide empor, bis ich den halb verfallenen Tempel erreichte, der auf der Spitze des gewaltigen Bauwerkes thronte. Ich betrat das Innere des Tempels, wo der Schein meiner Taschenlampe ein gespenstisches Licht auf die Hieroglyphen warf, die die groben Mauern rundum zierten. Ich trat zaghaft vor eine der Wände und machte mich an die Entschlüsselung der dort eingemeißelten Inschrift. Nicht im Traum hätte ich gedacht, daß sich mir Wort für Wort mühelos enthüllte! Und so las ich folgendes (ich habe es mir notiert):

„Ich, Kukulcán, Herrscher meines Volkes und letzter meines Geschlechts, sage euch: Eines fernen Tages, wenn meine Gebeine längst zu Staub zerfallen sind und unsere Städte und Tempel in Trümmern liegen, wird aus einem Land, hoch oben, wo hell der Polarstern steht, ein Fremder zu uns kommen, der diese in Stein gehauenen Worte lesen wird. Es befähigt ihn dazu der gegorene und gebrannte Saft der Agave, den er in überreichem Maße genossen hat. Sein Oberkörper ist von einem roten Stoff bedeckt, und ein jedes seiner Beine kleidet ein röhrenförmiges Tuch von blauer Farbe. Mit ihm reist seine treue Gefährtin, die ihm große Ehrerbietung erweist, indem sie ihn am ganzen Körper mit wohlriechenden Ölen und betörenden Essenzen einreibt."

Hier muß ich für einen Moment innehalten, denn mir fährt bei diesen Worten immer noch ein eiskalter Schauer über den Rücken. Selbst die blutrünstigen Vampire, die mich im Tempel gierig umflatterten, und die giftigen Skorpione, die feindselig auf seinem Boden lauerten, hatten mir nicht so das Blut in den Adern gefrieren lassen wie diese Sätze. Die Beschreibung – rotes T-Shirt, Jeans – paßte haargenau auf mich. Ich also war der Fremde!

Die nächsten Sätze ließen keinen Zweifel übrig, jedoch überspringe ich sie, weil ich finde, daß meine intimsten Gewohnheiten niemanden etwas angehen. Ich fahre deshalb an der Stelle fort, wo der Text auf meine Zukunft anspielte.

„Dieser Fremde übt mit viel Geschick das Ballspiel aus. Doch spielt er den Ball nicht wie wir mit Ellenbogen, Knie oder Hüfte, sondern vornehmlich mit dem Fuß. Auch ist es nicht sein Ziel, den Ball durch einen ringförmigen Stein zu befördern, wie es bei uns üblich ist. Vielmehr ist es sein Bestreben, ihn in ein rechteckiges Gehäuse zu schießen, welches auf der Rückseite von einem Netz begrenzt wird, ähnlich dem, womit wir Fische fangen. Auf dem Spielfeld stehen ihm zehn andere Spieler zur Seite, worunter es welche gibt, die den Ball ins eigene Gehäuse statt in das des Gegners schießen. Doch werden diese Narren nicht, wie es angebracht wäre, den Göttern geopfert. Anders als seine Vorväter, die mit dem Spiel allein dem Gott der Freude huldigten, nimmt der Fremde dafür reichliche Gaben in Empfang. Darum muß er sich vor dem Zorn der Götter hüten, sonst wird sein Frevel – sofern ich die Sterne richtig gedeutet habe – nicht ungesühnt bleiben. Das Ballspiel in einer Bruderschaft nach alter Sitte zu betreiben, ist dann sein Los. Ein heiliger Schwur, nach dem Ball zu treten, auch wenn der Mund zahnlos ist und der Körper von einem Stock gestützt wird, verbindet sie. Nach jedem Spiel, gleich ob Sieg oder Niederlage, ergeben sie sich dem Trunk, und seinen Brüdern den Becher zu füllen, ist für sie eher eine Ehre als eine Strafe ..."

Hier brach der Text ab. Die Zeit war an den Mauern

nicht spurlos vorübergegangen und die Inschrift bis zur Unkenntlichkeit verwittert. Das einzige, was ich noch zu entziffern vermochte, war:

„O Fremder, zweifele nicht an meinen Worten! Folge meinem Rat und ...“

Am nächsten Morgen fragte mich meine Freundin, ob ich schlecht geträumt hätte, ich hätte mich die ganze Nacht im Bett gewälzt. Die ganze Nacht! Ich war erleichtert, denn ich hatte erst kürzlich meinen Vertrag bei meinem Verein verlängert. Noch vier, fünf Jahre, und ich würde ausgesorgt haben. Trotzdem scheute ich danach im Training und in Freundschaftsspielen manchen Zweikampf, auch wenn mir das hin und wieder Kritik einbrachte. Es lief also im großen und ganzen auch weiterhin alles zu meiner Zufriedenheit. Dann das Cupfinale. Es waren noch etwa fünf Minuten zu spielen, und es stand immer noch unentschieden. Da bekomme ich den Ball – ein langer Paß, kein Abseits. Vor mir nur noch der Torwart, und der, ein Zweimetermann, rennt auf mich zu. Knapp hinter der Strafraumgrenze prallen wir zusammen. Der Ball ist drin, aber mein Schrei ist kein Jubelschrei. Doppelter Schienbeinbruch, Kreuzbandriß.

Mittlerweile spiele ich wieder – bei den Senioren einer Amateurmannschaft.

Das Haus der Sonne

Oder warum die Sonne noch immer scheint

Mark Twain bot er das großartigste Schauspiel seines Lebens, für Jack London verkündete er ein Evangelium der Schönheit: der Haleakala-Krater auf der Hawaii-Insel Maui.

„Haleakala" bedeutet im Hawaiianischen „Das Haus der Sonne", denn einst glaubten die Hawaiianer, daß die Sonne auf diesem Berg wohne. Früher, so erzählt die Legende, betrug die Dauer des Tages nur drei oder vier Stunden. Die Sonne schlief nämlich gern und dachte, je schneller sie über den Himmel eile, desto eher könne sie wieder zu Bett gehen. Da die Sonne auf diese Weise nur wenig Licht und Wärme spendete, klagte Mauis Mutter, daß ihre Tapa (ein aus der inneren Rindenschicht des Maulbeerbaumes gefertigter Stoff) nicht bis zum Abend an der Luft getrocknet sei, wie es vonnöten gewesen wäre. Maui, ein polynesischer Halbgott, sterblich, aber sehr schlau, ging der Sache nach. Er beobachtete, wie die Sonne jeden Morgen aus dem Haleakala stieg, ein langes Bein, beziehungsweise Strahl, nach dem anderen von sich streckend, bis sie mit all ihren Beinen, exakt sechzehn, aufgestiegen war, sie gleichmäßig um ihren kreisrunden Leib verteilte und dann auf ihnen über den Himmel rollte. Nachdem Maui dies erkundet hatte, nahm er sechzehn lange Wurfseile und legte sich in der Nacht oben auf dem Berg in einer Felsspalte auf die Lauer. Bei Tagesanbruch, wie die Sonne aufsteigen wollte, fing er ein Bein ums andere mit seinen Schlingen. Dann zurrte er die Seile an einem Baum fest, so daß die Sonne ganz und gar gefangen war. Nun gedachte Maui, die Sonne wegen der Kürze des Tages mit einer Axt zu erschlagen. Doch auch die Sonne war klug. Wenn sie tot sei und nicht mehr scheine, meinte sie listig, so würde die Tapa, der Baststoff, niemals trocknen. Das leuchtete Maui ein. Es kam zu einem Abkommen. Die Sonne erklärte sich bereit, fortan langsamer über den Himmel zu wandern, falls Maui sie freiließe.

Nun, daß Maui die Sonne freigelassen hat, davon können wir uns selbst überzeugen.

Heute führt eine gute, wenn auch steile und kurvenreiche Straße zum 3000 Meter hohen Gipfel des Haleakala. Von dort haben wir einen wunderbaren Ausblick auf den ganzen Krater. Er ist rund neunhundert Meter tief, dreizehn Kilometer lang und fünf Kilometer breit. Diese riesige Senke ist vor Urzeiten inmitten des damals erloschenen Vulkans durch Abtragungen von Wind und Regen entstanden sowie durch die Auswaschungen zweier Flüsse, die hier einst hindurchströmten. Später wurde der Haleakala wieder tätig. Das letzte Mal 1790.

Mehrere kleinere Vulkankegel erheben sich in seinem Inneren, sozusagen Vulkane im Vulkan. So verhältnismäßig klein diese von oben auch erscheinen, so sind sie doch hundert bis dreihundert Meter hoch und von beträchtlichem Umfang.

Auffallend ist die Verschiedenfarbigkeit des Gesteins. Die Farbskala reicht in allen Schattierungen von Grau bis Schwarz, von Ocker bis Orange Die verschiedenen Farben beruhen auf der unterschiedlichen Zusammensetzung der Lava. Die Rottönung zum Beispiel ist auf den Gehalt an Eisenoxyd zurückzuführen. Stellenweise sind die Farben so deutlich gegeneinander abgegrenzt, als sei durch das Geröll eine Linie mit dem Lineal gezogen. Es gibt große Gesteinsbrocken mit bizarren Formen sowie Kieselsteine, die so porös sind, daß sie wie kleine Schwämmchen anmuten.

Die Luft ist glasklar, die Trennung zwischen Licht und Schatten außerordentlich scharf. Tiefe Stille herrscht. Geräusche von normaler Lautstärke tönen wie Trompetenschall. Nirgendwo eine Spur von Leben, so scheint es. Hätte man uns urplötzlich in einem Raumanzug schwerelos in den Krater versetzt, so wäre es schwer für uns zu sagen, ob wir uns auf der Erde oder dem Mond befänden.

Und doch hat das Leben auch hier bereits Fuß gefaßt. An einigen Stellen finden wir Moose, Flechten, ja sogar kleine Farne, die auf Asche und Schlacke wachsen. Aber besonders beeindrucken uns die Silberschwerter, die Meister in der Anpassung an diese so rauhe Umgebung sind. Aufgrund besonderer Eigenschaften bewältigt diese Pflanze die wüstenartige Trockenheit ebenso gut wie die enormen Wärmeschwankungen. Am Tage trotzt sie der starken Sonneneinstrahlung, nachts Temperaturen, die unter den Gefrierpunkt sinken können. Fünfzehn bis zwanzig Jahre braucht sie, um von der Größe eines Aschenbechers zum Umfang eines Autoreifens heranzuwachsen. Dann treibt sie einen 180 Zentimeter hohen Blütenstand aus, an dem sich Hunderte von purpurnen Blüten entfalten. Nach der Blüte verwelkt sie.

Einst waren die Aschenkegel von silbernem Glanz überzogen – so zahlreich waren die Silberschwerter. Aber wie in den Alpen das Edelweiß, so pflückten Bergsteiger kleine Silberschwerter, die sie als Andenken mitnahmen. Andere rissen große Pflanzen aus und ließen sie zu ihrem Vergnügen die Hänge hinabrollen. Einmal wurden Tausende von Silberschwertern gepflückt, getrocknet und als Strohblumen in den Orient verschickt. Es gab ja genug von ihnen. Jedoch in den 1920er Jahren waren gerade noch um die 100 Exemplare übriggeblieben.

Dank strengen Schutzes und sorgsamer Hege konnte diese Pflanze in letzter Minute vor der Ausrottung bewahrt werden. 1973 war ihre Zahl im Haleakala Nationalpark wieder auf 2000 Stück gestiegen.

Einen Feind hat das Silberschwert allerdings auch heute noch. Man bekommt ihn selten zu Gesicht; eher schon hört man ihn. Zunächst können wir uns das Meckern nicht erklären, bis uns ein berittener Parkaufseher, auf den wir treffen, aufklärt, daß es sich um verwilderte Ziegen handelt. Wie in anderen Schutzgebieten, in denen sie sich ungehemmt vermehren konnten, sind die Ziegen auch hier zu einer Plage geworden, weil sie die geschützten einheimischen Pflanzen fressen, ihre Sämlinge ebenso rasch vertilgen wie sie wachsen und so ihren Bestand gefährden. Verständlich, wenn in den kleinen Maultierkarawanen, die die wenigen Lagerplätze mit allem Nötigen versorgen, meist einer der Reiter ein Gewehr bei sich trägt, um Ziegen, wo sie sich zeigen, zu schießen.

Am süd- und nordwestlichen Rand ist die Vegetation weitaus üppiger als an anderen Stellen des Kraters. Hier drängt der stetige Passat die Wolken an zwei Einschnitten, dem Kaupo Gap und dem Koolau Gap, in den Haleakala. Die dicken schweren Wolken sacken an der inneren Kraterwand ab und lösen sich auf in feinen Sprühregen und quirlenden Dunst. Gräser, Sträucher, Steine: alles ist über und über mit unzähligen schimmernden und funkelnden Wassertröpfchen bedeckt. Große und kleine Regenbogen sind keine Seltenheit. Gespenstisch tauchen niedrige Bäume und Büsche auf, um sogleich im wallenden Nebel wieder zu verschwinden. Unsere Schuhe sind nach wenigen Metern durchnäßt, Hemd und Hose werden klamm und feucht, winzige Perlen glitzern auf unserer Haut und unseren Haaren. Dennoch sollte man nicht vergessen, daß man sich im Haus der Sonne aufhält. Denn ohne Vorsorge zu treffen, kann man sich trotz des dichten Nebels leicht einen schmerzhaften Sonnenbrand einhandeln.

Umgeben von Nebelschleiern hören wir einen unheimlichen, klagenden Schrei. Es ist der Lockruf der Hawaiigans. Der Haleakala-Krater ist einer der letzten Zufluchtsstätten dieser Gänse in Freiheit.

Von 25000 Exemplaren im 18. Jahrhundert war ihr Bestand Ende der 1940er Jahre durch Abschuß, Raubtiere und Seuchen weltweit auf vielleicht nicht einmal 50 Tiere geschrumpft. Zu ihrer Rettung wurden daraufhin Schutzmaßnahmen beschlossen und Zuchtprogramme erstellt. Mit Erfolg. Nach neueren Schätzungen soll es derzeit wieder 2000 Hawaiigänse geben, davon 1250 in Gefangenschaft und 750 in freier Wildbahn.

Die meisten der im Haleakala lebenden Hawaiigänse stammen aus Zuchtanlagen. Man erkennt sie an dem Ring, den sie am Bein tragen. Sie ernähren sich hauptsächlich von Gras und der schwarzen Kukaenene-Beere. Ein paar von ihnen haben nach wie vor keine Scheu vor Menschen und halten sich in der Nähe der Paliku Cabin und der Holua Cabin auf, zweier Schutzhütten im östlichen beziehungsweise westlichen Teil des Kraters. Und wie alle zahmen Gänse machen sie sich einen Spaß daraus, jemanden in die Wade zu zwacken, so auch uns.

Stirbt die Sonne, nimmt der Mensch Schaden. Maui war klug genug, das zu erkennen. Das Ausrotten von ein paar wilden Gänsen und einer Handvoll seltener Pflanzen ist dagegen kaum mit Nachteilen verbunden. Mauis Erben müssen darum nicht nur klug, sondern auch großmütig sein, soll der urtümliche Ruf der Hawaiigans auch weiterhin im Haleakala-Krater erschallen.

(1982)

Auf dem Freiheitsgipfel

Der Berg des Kaisers

Als wir in Marangu, am Fuße des Kilimandscharo, den Speiseraum der Lodge betreten und mit verwöhnten mitteleuropäischen Augen die flackernden Glühbirnen mustern, deren diffuses Licht Tische und Teller mehr schlecht als recht beleuchtet, da stöhnen wir: „O Gott, wo sind wir hingeraten!"

Aber eigentlich haben wir keinen Grund zur Klage. Ein Garten Eden umgibt das kleine Gästehaus, in dem wir untergebracht sind. Majestätisch erhebt sich im Hintergrund der schneebedeckte Kibo, der 5895 Meter hohe Hauptgipfel des Kilimandscharo, den wir besteigen wollen. Vor unserem Fenster haben sich Kleinelsterchen zur Mittagsruhe in einem Busch niedergelassen. Doch ihr aufgeregtes Gezeter und Geflatter läßt weder sie noch uns vorläufig zur Ruhe kommen. Purpurglanzstare tummeln sich auf dem Rasen. Je nach Lichteinfall schillert ihr Gefieder bald türkis, bald kobaltblau; nur ihre Iris leuchtet beständig goldgelb. Hibiskus blüht in Weiß, Rot und Orange. Bunte Nektarvögel huschen durchs Geäst. Von einer blütenübersäten Bougainvillea hält ein Fiskalwürger Ausschau nach Insekten. An den Grashüpfern und Käfern liegt es, daß er seine Warte im scharlachroten Blütenmeer des öfteren verläßt und zum Boden fliegt, an seiner Geschicklichkeit, ob er mit vollem oder leerem Schnabel zu ihr zurückkehrt. Am Abend sucht ein Schwarm Roter

Amaranten seinen Schlafplatz im dichten Blattwerk einer Kletterpflanze auf, die gleich neben der belebten Hofeinfahrt um einen Schuppen rankt. Diese kleinen Prachtfinken kannte ich bisher nur als preiswerte Exoten, die sich bevorzugt in Drahtkäfigen aufhalten, mit einem Badehäuschen mehr als zufrieden sind und auch ohne Pflanzen ganz gut auskommen. Es dauert eine Weile, bis jedes dieser Federbällchen einen geeigneten Platz für die Nacht gefunden hat. Fast übergangslos bricht die Dunkelheit herein – Zeit für die Stimmen der Tropennacht und für einen Whisky.

Durch tropischen Regenwald führt uns am nächsten Morgen der Weg zur Mandara-Hütte, der ersten Etappe unserer Tour. Die Vogelwelt ist auch hier reich vertreten, wie uns Gezwitscher und Gesang verraten. In der üppigen Vegetation, die den Pfad zu beiden Seiten wie eine grüne Mauer umschließt, tauchen für Sekundenbruchteile die schemenhaften Umrisse von Vögeln auf: ein farbiger Punkt, ein flüchtiger Schatten – mehr gibt der Wald nicht preis. Aber wer singt da die schöne Melodie? Ich bleibe stehen und lausche dem Lied, das erst rechts, dann links und jetzt direkt vor mir aus dem Dickicht erklingt. Es vergehen einige Minuten, bis ich den Sänger, einen Grünastrilden, entdecke. In dieser Umgebung wirkt das Vögelchen noch winziger, als es ohnehin schon ist. Wie kann sich solch ein Zwerg inmitten dieser Wildnis behaupten? Denn behaupten tut er sich, ja pfeift obendrein ein Liedchen.

Da faßt mich eine kalte Hand am Arm. Es ist unser Bergführer, der mich auffordert, weiterzugehen. Unsereins schwitzt, und er – hat kalte Hände! Wie die meisten Führer und Träger ist er ein Chagga, die hier im Hochland vorwiegend vom Ackerbau leben und ihre eigenen kleinen

126

Kaffeeplantagen und Bananenpflanzungen betreiben. Die Tätigkeit als Führer oder Träger ist für sie ein willkommener Nebenerwerb. Es sind kräftige und zähe Burschen, die mit Kanistern, Säcken und Kisten scheinbar mühelos bergan klimmen. Hitze vertragen sie besser als wir, und Kälte macht ihnen nicht mehr aus als uns.

Zwei Chamäleons kreuzen unseren Weg. Das eine hat bereits die Farbe des sandigen Pfades angenommen, das andere ist noch so grün wie der Regenwald, aus dem es gekrochen ist. Vorsichtig klettert es über meinen Wanderstock, auf den ich es gesetzt habe, um mir diesen Verwandlungskünstler einmal aus der Nähe zu betrachten. Ich mache eine Aufnahme von ihm und setze es danach am Wegrand ab, wo es bald im undurchdringlichen Grün verschwindet.

Wir verlassen den Urwald und wandern durch eine Heidelandschaft, in der das Erika Baumgröße erreicht. Am Nachmittag kommen wir an der Mandara-Hütte an; sie liegt 2700 Meter hoch. Vor der Haupthütte entdecken wir eine Tragbahre, die mit einem Rad versehen ist und uns deshalb an eine Schubkarre erinnert. Wie wir erfahren, wird man auf ihr im Notfall zu Tal befördert. Schöne Aussichten!

Wir fühlen uns noch fit, um einen Abstecher zum nahegelegenen Maundi-Krater zu unternehmen. Dort genießen wir den herrlichen Ausblick auf die bewaldeten Berghänge und die darunterliegenden Ebenen.

Auf dem Rückweg, einer schmalen Schneise, trete ich beinahe in frische Losung. Nach ihrer Beschaffenheit zu urteilen, stammt sie von einem größeren Raubtier. Da es hier oben keine Hunde gibt, kommt nur ein Leopard in Frage. Der Gedanke, daß sich dieser womöglich ganz in meiner Nähe aufhält, jagt mir einen kalten Schauer über den Rücken. Was war das? Hat sich da nicht eben etwas auf dem bemoosten und von Flechten behangenen Baum bewegt? Da, schon wieder! Es wird doch nicht der gefleckte Räuber sein? Nein, es ist nur eine Horde Colobusaffen, die durch die Baumkronen turnt. Gott sei Dank. (Einen Leoparden bekomme ich erst zehn Tage später in der Serengeti zu Gesicht, und da sitze ich sicher in einem VW-Bus.) Im übrigen vertraue ich auf mein Jagdmesser. Es geht eine beruhigende Wirkung von ihm aus, auch wenn es mir im Ernstfall wenig nützen würde und überhaupt ziemlich überflüssig ist. Das erinnert mich an eine Stelle aus Jack Londons *Alaska Kid*, wo von einem Grünschnabel die Rede ist, der mit einem schweren Revolver auf Goldsuche geht. Immerhin komme ich durch mein Messer mit den Einheimischen ins Gespräch, weil sie es mir abkaufen wollen.

Unser Quartier für die Nacht beziehen wir im oberen Geschoß der Haupthütte, in der etwa zwanzig Personen untergebracht sind. An Schlaf ist nicht zu denken, weil während der Nacht fast alle einmal auf die Toilette gehen. Der Morgen graut, als zum ungezählten Male jemand polternd über die steile Treppe steigt, sich die Hintertür knarrend öffnet, um sodann mit einem ohrenbetäubenden Knall zuzufallen, und sich kurz darauf das Ganze in umgekehrter Reihenfolge wiederholt.

Müde, aber dennoch tatendurstig, lassen wir früh am Morgen auf einer Höhe von dreitausend Metern die letzten Bäume hinter uns. Vor uns liegt offene Savanne, im Norden überragt vom Kibo, im Nordosten vom Mawensi, dem mit 5151 Metern zweithöchsten der drei Gipfel des Kilimandscharo.

Je höher wir kommen, desto hügeliger und zerklüfteter wird die Landschaft. Schmale Rinnsale plätschern hier und da über den Weg. An einem Abhang strahlen weiße Proteablüten in der Sonne, und zwischen niedrigem Heidekraut ragen an anderer Stelle merkwürdige Gebilde auf. Was von weitem aussieht wie überdimensionale Flaschenbürsten oder wie große Ananas, die man auf kurze Stekken gepflanzt hat, sind Riesenlobelien.

Ein paar Bergsteiger kommen uns mit sonnenverbrannten Gesichtern entgegen. „Jambo" – „Guten Tag", grüßen wir uns auf Suaheli. Voller Bewunderung schauen wir sie an und denken: Die haben es geschafft!

Schweißgebadet erreichen wir gegen Mittag die Horombo-Hütte. Wir lassen uns zu Boden sinken und verschnaufen erst einmal. Am Himmel zieht ein Bartgeier seine Kreise. Einige Tassen Tee muntern uns wieder auf. Wir bringen unser Gepäck in die uns zugewiesene Hütte und schauen uns dann noch ein wenig um.

Am Abend taucht die untergehende Sonne die Bergspitzen in zartes Rosa. Über dem Lager steigt Rauch auf. Im Gemeinschaftsraum flackern die Petroleumlampen. Gespräche werden entfacht, Freundschaften geknüpft. Die Zeiger meiner Armbanduhr stehen auf sieben. Jetzt ist es bei uns in Deutschland fünf Uhr nachmittags – Hauptverkehrszeit, in eineinhalb Stunden Ladenschluß. Unsere Lampen werden in einer Stunde erlöschen. Dann ist es acht, und wir kriechen in unsere Schlafsäcke.

Diesmal haben wir eine der kleineren Hütten für uns allein. Auch sie ist aus Holz, steht auf Steinsockeln frei über der Erde und wurde wie die anderen Zeltdachhütten von Norwegern errichtet.

Es ist eine stockfinstere Nacht. Nicht der leiseste Schimmer fällt durch das Fenster. Unsere Taschenlampen haben wir zu Hause vergessen. Ein Königreich für einen Kerzenstummel! Ich kann nicht schlafen, dafür schlägt mein Herz zu schnell. Immerhin befinden wir uns in 3750 Meter Höhe. Dazu der viele Tee. Ob es etwas nützt, wenn ich Schäfchen zähle? Nein, tut es nicht. Vielleicht sollte ich an etwas Angenehmes denken? Aber auch das hilft nichts, der ersehnte Schlaf bleibt aus. Meinem Freund scheint es besser zu ergehen; er schläft scheinbar tief und fest. Doch am Morgen klagt auch er, daß er kein Auge zugetan habe – ein schwacher Trost.

Eine österreichische Seilschaft will heute den schroffen Gipfel des Mawensi erklimmen. Wir aber bleiben im Lager, um uns an die dünne Höhenluft zu gewöhnen. Nachdem mir ein Bergkamerad einen Badetip gegeben und sein Schampon ausgeliehen hat, möchte ich mich endlich einmal waschen, ohne wie bei der Morgentoilette von schwarzen Gesellen umstellt zu sein, die mir mit ihren ungenierten Blicken die Blässe meiner Haut bewußt machen.

Ich folge dem gewundenen Lauf eines glasklaren Gebirgsbaches. In dem grauen Vulkangestein am gegenüberliegenden Hang läßt sich der einstige Weg des Lavastroms gut verfolgen. Im Laufe der Zeit ist dort eine Art Steingarten mit alpiner Flora entstanden. Ich bedaure, daß ich kein Botaniker bin. Lediglich eine blühende Aloe vermag ich mit Sicherheit zu bestimmen. Unerwartet macht der Bach eine Wendung, oberhalb derer das Bachbett ein flaches Becken bildet. Das muß die Stelle sein, die der Bergkamerad erwähnt hat. Ich breite meine Sachen am Ufer aus und wasche als erstes meine Haare. Es ist eine hübsche Szene: Umrahmt von bizarren, baumgroßen Riesensenecien pendelt zwischen dem Bach und einem von Seifenschaum gekrönten Kopf eine rote Feldflasche; im Hintergrund thront erhaben der Mawensi. Ich habe das Schampon noch nicht richtig aus meinem Haar gespült, da fängt meine von Fett befreite Kopfhaut vor Kälte an zu brennen, als hätte ich sie am Nordpol mit Eiswasser übergossen. Jetzt verschwindet auch noch die Sonne hinter den Wolken, und eine frische Brise kommt auf. Ich verzichte auf ein Bad; das Risiko einer Erkältung ist mir zu groß.

Am nächsten Tag geht es weiter. Wir kommen an die letzte Wasserstelle, wo wir noch einmal unsere Feldflaschen füllen. Danach überqueren wir einen Sattel. Vor uns breitet sich eine weite, kahle Hochebene aus. Auf der anderen Seite können wir am Fuße des gewaltigen Vulkankegels das grüne Dach der Kibo-Hütte erkennen. Ein kühler Wind weht. Obwohl die Sonne kaum noch wärmt, müssen wir uns in dieser dünnen Atmosphäre vor den UV-Strahlen hüten. Die Hütte rückt unendlich langsam näher. Die klare Luft täuscht das Auge. Was greifbar nahe erscheint, ist in Wirklichkeit kilometerweit entfernt. Diese Erkenntnis ist ernüchternd – ich blicke schon gar nicht mehr auf, achte nur noch auf meine Schritte. Die Sonne steht bereits tief, als wir ausgepumpt die letzte Station vor dem Gipfel erreichen. Ein schwarzer Schatten, der vor mir über den Boden gleitet, läßt mich unwillkürlich aufschauen. Ein Bartgeier! Ob es derselbe von vorgestern ist? Im Aufwind zeigt er uns seine Segelkünste. Die 4700 Meter Höhe scheinen ihm nichts auszumachen. Mir hingegen wird schwindlig. Ich wanke in die große Steinhütte, nehme meinen Rucksack ab und sinke erschöpft auf die Holzpritsche des erstbesten Etagenbettes, von denen mehrere im Raum stehen.

In dieser Nacht leiden fast alle unter Schlaflosigkeit und Kopfschmerzen. Jeder sehnt den Aufbruch herbei. Kurz nach Mitternacht ist es dann soweit. Draußen zeigt das Thermometer zehn Grad minus. Da haben wir noch Glück: Vor einer Woche soll es zwanzig Grad unter Null gewesen sein. Man erzählt, eine Münchnerin habe sich beim Aufstieg einen Zeh erfroren. Wir ziehen unsere wärmsten Sachen an. Ein älteres Ehepaar, noch im Halbschlaf, fühlt sich von unseren Vorbereitungen gestört. Der Mann brüllt: „Ruhe!" Ich nehme ihm seinen barschen Ton nicht übel, weil ich weiß, daß ihm eine Prellung am Knie zu schaffen macht, die ihm letzte Woche ein Kaffernbüffel vor einer Lodge am Ngorongoro-Krater zugefügt hat. Ich entschuldige mich für den Lärm, den wir so früh um halb sechs machen. Was die Uhrzeit betrifft, ist das natürlich Unsinn – erstes Anzeichen eines Höhenkollers. Aber niemand hat es bemerkt.

Noch rasch eine Tasse heißen Tee, dann treten wir hinaus in die Dunkelheit. In kleinen Gruppen scharen wir uns um unsere Führer und folgen dem schwachen Schein ihrer Laternen. Mühsam kämpfen wir uns voran, Serpentine um Serpentine. Nach etwa zwei Stunden erreichen wir die Meyer-Höhle, in der wir eine kurze Verschnaufpause einlegen.

Hans Meyer, Ludwig Purtscheller sowie ihr einheimischer Bergführer Yohani Kinyala Lauwo haben 1889 als erste den Kilimandscharo bestiegen, der damals noch zu Deutsch-Ostafrika gehörte. Zu Ehren Kaiser Wilhelms II. erhielt der Gipfel den Namen „Kaiser-Wilhelm-Spitze". Seit der Unabhängigkeit Tansanias heißt er „Uhuru-Peak", Freiheitsgipfel. Unter welchen Strapazen mögen die Erstbesteiger gelitten haben, da ihnen riesige Eisbarrieren, die heute verschwunden sind, den Weg versperrten?

Jetzt wird es erst richtig steil. Über Sand und Schotter geht es nur langsam vorwärts, und selbst der Wanderstock ist keine große Hilfe. Mein Puls rast, Kopfschmerzen und Übelkeit lassen mich erbrechen. Ich kann mit meinem Freund nicht mehr Schritt halten. Wir beschließen, uns zu trennen. Nun zahlt es sich aus, daß uns neben unserem Führer noch einer unserer Träger begleitet, der mich von hier ab führt.

Der Kraterrand will und will nicht näher kommen, obwohl er zum Greifen nahe scheint. Wie zum Hohn singt irgendwo ein Bergführer in gebrochenem Englisch „Stille Nacht, heilige Nacht". Vermutlich hat er das Lied in einer Missionsschule gelernt.

Daß ich unter diesen Umständen noch Sinn für die Schönheit des nächtlichen Firmaments habe, wundert mich. Was für ein Anblick aber auch! Der Himmel ist tiefschwarzer Samt, festgeheftet mit unzähligen goldenen Knöpfchen an die hohe Kuppel des Universums. Eine Sternschnuppe leuchtet auf. Ob sie mir Glück bringt?

An einer scharfen Biegung heftet sich ein Bergkamerad schweigend an meine Fersen, hält an, wenn ich anhalte, ringt wie ich keuchend nach Luft. Ein Leidensgefährte, denke ich. In Wirklichkeit gehört er zu einer versprengten Gruppe, deren Bergführer schlapp gemacht hat. Er hat nicht meine Gesellschaft, sondern die meines Führers gesucht, oder besser: die seiner Taschenlampe.

Der Horizont färbt sich gerade rot, als ich den Kraterrand am Gillman's Point erreiche. In der aufgehenden Sonne wirkt alles unwirklich: die Silhouette des Mawensi weit unter mir, noch tiefer der gigantische Gebirgssockel, ganz unten dichte Wolken, die sich wie eine Decke über das Land breiten und es vor meinen Augen verbergen, ringsum die glühenden Gletscher.

Obwohl erfahrene Bergsteiger, kehren zwei Pfälzer hier bereits um. Sie haben Apfelessig in ihr Trinkwasser getan, weil sie sich davon einen Vorteil versprachen. Aber das Gegenteil ist der Fall: Ihr Magen ist in Aufruhr, ihr Blut übersäuert.

Ich verweile nicht lange auf dem Gipfelgrat, sondern mache mich auf zum Uhuru Peak. Rechts unten liegt der zugefrorene Kratersee. Heiße Schwefeldämpfe steigen aus der Tiefe empor. Zur Linken erheben sich riesige Eiskaskaden.

Nach anderthalb Stunden habe ich es endlich geschafft: Ich stehe auf dem Dach Afrikas! Weithin erstrecken sich die Ebenen im bläulichen Dunst. Im Westen ist der Kegel des Mount Meru zu erkennen. Alle Nichtigkeiten schwinden dahin. Nichts bleibt von der billigen Oberflächlichkeit des Alltags.

Ganz mechanisch ergreife ich das Gipfelbuch, das in einem schlichten Blechkasten aufbewahrt ist, und trage Name und Adresse sowie das Datum, den 18. Januar 1980, ein. Dann trete ich den Rückweg an.

Der Abstieg auf den lockeren Sand- und Gesteinsmassen wird bisweilen zu einer Rutschpartie auf dem Hosenboden. Nach einer kurzen Rast in der Kibo-Hütte, wo wir den Großteil unseres Gepäcks gelassen haben, geht es über die Hochebene zurück zur Horombo-Hütte. Einer unserer Träger erzählt mir, daß die Hochebene – sie liegt auf der Höhe des Matterhorns – hin und wieder von Schnee bedeckt sei, besonders in der Regenzeit. Kaum zu glauben, daß in dieser unwirtlichen Gegend gelegentlich Löwen auftauchen sollen. Aber der Träger versichert mir, er habe erst kürzlich hier oben welche gesehen; sie seien einer Herde Elenantilopen gefolgt.

Auf der Horombo-Hütte gelingt es uns, vier Flaschen Bier aufzutreiben. Wir zahlen einen Wucherpreis für sie. Ihr Inhalt ist lauwarm und versetzt uns in Tiefschlaf. Aber dieser ist uns nur eine knappe Stunde vergönnt, dann weckt uns der Duft von Spiegeleiern und Dosenbirnen, die uns unsere schwarzen Begleiter förmlich unter die

Nase halten. Damit bedanken sie sich für einen Teil unserer Ausrüstung, die wir ihnen überlassen haben. In einem Anflug von Sentimentalität erwerbe ich übrigens später meine Bergstiefel, die unter den Geschenken waren, im Tausch gegen meinen Schlafsack zurück – zum großen Vergnügen ihres neuen Besitzers.

Am nächsten Morgen kommen uns ein paar Bergsteiger mit blassen Gesichtern entgegen. „Jambo", grüßen wir uns. Voller Bewunderung schauen sie uns an, und wir denken: Die Ärmsten!

In Marangu nehmen wir Abschied von unserem Führer und unseren Trägern. Was mögen sie über uns und unsere stete Unrast denken? Was über die vier sonderbaren Amerikaner, die wir im Regenwald trafen – die Herren im Anzug, die Damen in wehenden Kleidern, unter Sonnenschirmen wandelnd, als ginge es zu einer Cocktailparty? Oder denken sie nur an unser Trinkgeld? Nach sechs Tagen sind wir wieder in unserer Lodge. In dieser Zeit haben wir gut und gerne 100 Kilometer zu Fuß zurückgelegt, 4000 Höhenmeter bewältigt und waren an einem Tag fast dreizehn Stunden ununterbrochen auf den Beinen. Jetzt haben wir nur einen Wunsch: ein heißes Bad und ein kühles Bier.

Im Speiseraum ist alles unverändert: Die Glühbirnen flackern, es ist schummrig, eine Katze tunkt ihr Pfötchen in die Kaffeesahne. Dennoch setzen wir uns zufrieden an unseren Tisch und seufzen: „Herrlich!"

(1980)

Momentaufnahmen

Zwölf Reiseschnappschüsse

Südostasien

Hoffnung über den Wolken

Rotgelbe Feuerbälle flammen am Boden auf, dunkle Rauchsäulen steigen in die Höhe, Bombeneinschläge wohin wir schauen. Wir befinden uns auf dem Flug von Bangkok nach Hongkong, überfliegen Vietnam. Die hübsche Stewardeß von Thai Airways geht lächelnd durch die Sitzreihen und verteilt an die Fluggäste schöne handgearbeitete, mit exotischen Blumen und Vögeln verzierte Fächer, die unsere Aufmerksamkeit von dem Inferno tief unter uns ablenken.

Vor einigen Tagen waren wir noch in Ceylon, im Paradies. Auch wenn wir wußten, daß das Land bitterarm war und sogar der Reis, das Grundnahrungsmittel der Bevölkerung, trotz üppiger Reisfelder aus dem Ausland importiert werden mußte, waren wir dem Zauber der Insel erlegen. Smaragdgrün der Indische Ozean, lichtblaue Lagunen, weiße Sandstrände, gesäumt von Kokospalmen, im Innern der dunkelgrüne Dschungel, Wiesen und Felder mittendrin, jahrhundertealte Stauseen und Tempelruinen, Elefanten, grünende Reisfelder und Reisterrassen, sanfte, von Teesträuchern überzogene Berghänge, buddhistische Heiligtümer und Hindutempel. Und dann die Menschen.

Schlanke, wohlgestaltete Singhalesen, gegen die mancher Tourist aus Europa in einem Schönheitswettbewerb wenig Chancen gehabt hätte; schwarzhaarige Frauen in bunten Saris, schön geschnittene Gesichter, Haltung und Bewegung von natürlicher Anmut. Dieses fröhliche Lachen. Vor allem aber die Kinder. Liebreizend, ohne Arg. Zu Dutzenden hatten sie uns Wohlhabende aus dem Westen bisweilen umringt. Kein aufdringliches Betteln, obwohl die Kinder arm waren und allen Grund dazu gehabt hätten. Wenn sie uns doch einmal um etwas baten, so taten sie es mit Anstand und Würde. Das freundliche, entgegenkommende Wesen dieser Kinder ist es, das mich an eine friedlichere Welt glauben läßt, eine andere als jene, über die wir gerade fliegen.

Zurück in Frankfurt erreicht uns die Nachricht, daß in Ceylon ein bewaffneter Jugendaufstand gewaltsam niedergeschlagen wurde. Auf beiden Seiten Menschen, von denen die meisten im Geiste Buddhas erzogen wurden, angehalten zum Mitleid und zur Gewaltlosigkeit, die einmal Kinder waren, gütig, mitfühlend, fröhlich, wie jene, denen wir auf unserer Ceylonreise begegneten.

(1971)

Kenia

Impressionen einer Zugfahrt

Nach einer einwöchigen Tour durch die ehemaligen „White Highlands" fahren wir mit dem Nachtzug von Nairobi nach Mombasa. Nachdem wir unser Gepäck verstaut und die Strapazen mit einem doppelten Whisky hinunter gespült haben, brechen wir von unserem Schlafwagenabteil zum Speisewagen auf. Der Durchgang ist eng. Kommen sich auf ihm zwei Personen entgegen, entscheidet im Zweifelsfall das Los, wer von ihnen zurückgehen muß, um den anderen vorbeizulassen. Wir haben Glück und erreichen den Speisewagen ohne Gegenverkehr.

Wir sind auf das Abendessen gespannt: Dinner im legendären „Iron Snake". Wie oft haben wir das schon im Kino gesehen: Die Filmstars in tiefgeistige Gespräche vertieft oder miteinander flirtend, während sie vor ihren Speisen und Getränken sitzen und die Landschaft im Hintergrund an ihnen vorübergleitet. Doch können diese Szenen wohl kaum in einem fahrenden Zug gedreht worden sein, wie wir bald feststellen, denn anders als in den Filmen haben wir alle Hände voll zu tun, unsere vollen Gläser und die Teller mit Suppe davon abzuhalten, sich selbständig zu machen. Trotzdem gelingt es meinem Bierglas in einem unbemerkten Augenblick, sich von seinem Standort loszureißen und, bevor ich es daran hindern kann, quer über den Tisch Kurs auf das Zugfenster zu nehmen, an dem ihm unsanft Einhalt geboten wird, so daß es einen Teil seines kostspieligen Inhalts verliert. Unterdessen ist die Hälfte unserer Suppe auf die Unterteller geschwappt. Vielleicht ist das der Grund, weshalb die Portionen so klein ausfallen, haben sie doch so auf dem Teller ausreichend Spielraum, um nicht sogleich einen Ausflug auf das Tischtuch zu unternehmen. Das gebratene Fischfilet verbirgt sich jedenfalls vor unseren Augen unter einer Zitronenscheibe. Aber trotz seiner verschwindenden Größe schmeckt es sehr gut.

Wir könnten das Dinner genießen, wenn nicht an zwei Tischen ein paar junge Engländer säßen, die mit ihrem Gegröle sogar das monotone Rattern des Zuges übertönen. Nicht nur mit ihrer Lautstärke demonstrieren sie die Überlegenheit der weißen Rasse, auch ihre Bekleidung spiegelt die Höhe ihrer Kultur wider: verwaschene T-Shirts und knappe Badehosen. Einige von ihnen fühlen sich dem Zeitgeist noch stärker verpflichtet, prunken mit ihren nackten, bleichen Oberkörpern. Alle haben sie Badelatschen an oder gehen barfuß. Im Vergleich zu ihnen wirkt der farbige Steward in seiner langen dunklen Hose, seinem weißen Jackett und seinen polierten Schuhen geradezu schäbig. Der wahre Unterschied zeigt sich aber im Benehmen. Ungeniert bohren sich die jungen Männer in der Nase, rülpsen laut, öffnen ihre Bierflaschen am Tischrand und nehmen beim Essen ihre Finger zu Hilfe. Obwohl sie von der Suppe nichts essen, nötigen sie den farbigen Steward, ihre Suppenteller bis zum Rand zu füllen, nur damit er später die randvollen Teller abräumen muß. Ich wünschte, ich hätte den Mumm von Rock Hudson, als er in dem Film *Giganten* dem rassistischen Imbißstubenbesitzer entgegentritt, ohne Rücksicht auf dessen körperliche Überlegenheit. Doch diesen Mut bringe ich nicht auf. Den braucht es Gott sei Dank auch nicht, denn ein schwarzer Hüne in Uniform, ein Wachmann, betritt den Speisewagen. Freundlich lächelnd schreitet er durch die Reihen, während sein Hartholzknüppel wie eine stille Verheißung an seiner Seite baumelt. Die jungen Männer verstummen augenblicklich, kauen, ohne aufzublicken, brav an ihren Steaks. Ohne ein Wort gesagt zu haben, verläßt der Wachmann durch die gegenüberliegende Tür den Speisewagen. Doch die Botschaft ist angekommen: Nach wenigen Minuten schleichen sich die weißen Helden wie geprügelte Hunde davon.

Nach dem Dinner gehen wir zurück in unser Abteil. Unsere Betten sind bereits hergerichtet. Wir blicken auf die Uhr. Wir müßten jetzt den Tsavo Nationalpark durchqueren. Wir werfen einen Blick durch das Zugfenster. Draußen ist es stockfinster, wir können nichts erkennen. Dann übermannt uns die Müdigkeit. Vergessen sind am Morgen das muffige Bettzeug, die abgestandene Luft im Abteil, das unüberhörbare Hin und Her auf dem Gang. Ein englisches Frühstück bringt uns auf die Beine, während über dem Indischen Ozean die Sonne aufgeht. Vor den verstreuten Hütten entlang des Bahngleises winken uns fröhliche Kinder zu. Mombasa ist nicht mehr weit.

Heia Safari!

Ist es nicht etwas Wunderbares, Wildtiere in ihrer natürlichen Umgebung zu beobachten, für das sich eine Reise zu Afrikas Nationalparks, trotz aller Beschwernisse, lohnt? Es gibt doch nichts Großartigeres, als die „Big Five", die großen Fünf: Elefant, Nashorn, Kaffernbüffel, Löwe und Leopard, aufzuspüren und zu Gesicht zu bekommen, so wie wir es vorhaben, zu viert, auf eigene Faust, mit einem gemieteten Pkw im Shimba Hills National Reserve, nicht weit von Mombasa entfernt und nahe dem Küstenstreifen, an dem unser Hotel liegt.

Eine Stunde sind wir nun schon mit dem Auto unterwegs, aber von den großen Fünf hat sich bis jetzt noch nicht einer gezeigt, sieht man einmal von dem getrockneten Elefantendung ab, auf den wir hier und da auf der Sandpiste gestoßen sind. Einstweilen begnügen wir uns mit der Beobachtung einer Herde Rappenantilopen, zu der sich ein paar Warzenschweine gesellt haben. Geschäftig gehen Madenhacker auf den friedlich grasenden Antilopen und Schweinen ihrem Tagewerk nach, befreien sie von Zecken und anderen lästigen Parasiten. Eine nette

Szene, die es festzuhalten gilt. Wir kurbeln die Seitenfenster herunter, die Fotoapparate sind bereit. Diese Gelegenheit läßt ein Dutzend Tsetsefliegen, unseren heimischen Bremsen ähnlich, nicht ungenutzt, um in unser Fahrzeug einzudringen. Trotz heftiger Gegenwehr gelingt es ihnen, uns unter schmerzhaften Stichen das Blut abzuzapfen. Nein, soviel unverfälschte Natur muß nicht sein! Schnell sind die Seitenfenster geschlossen und die Nachhut der blutgierigen Plagegeister mit wohlgezielten Schlägen der flachen Hand vernichtet. Aber wie ein böser Geist bleibt der Juckreiz, den ihre Stiche verursacht haben, zurück und stört uns bei der Suche nach den großen Fünf.

Endlich, unten in einem Tal, mehrere schwarze Punkte. Sind das nicht Kaffernbüffel? Schwer zu sagen, auch die mitgeführten Ferngläser geben keinen eindeutigen Aufschluß. Wir müssen näher heran. Nach kurzer Weiterfahrt kommen wir an eine Abzweigung, die von der Anhöhe, auf der wir uns befinden, talwärts führt. Ein großer Ast liegt quer über dem Weg und versperrt ihn. Es ist ein leichtes, ihn beiseite zu räumen. Vorsichtig manövrieren wir unseren Wagen über den abschüssigen, von tiefen Rinnen durchzogenen Weg und kommen unten, wo er endet, an einer Plattform an, die einen guten Überblick über das Tal bietet. Wir steigen aus, und mit Hilfe unserer Ferngläser erkennen wir, daß die schwarzen Punkte, die wir gesehen haben, tatsächlich Kaffernbüffel sind. Ihr Anblick entschädigt uns für die lange Suche und das von den Tsetsefliegen bereitete Ungemach. Ausdauer und Geduld haben sich ausgezahlt. Es müßte mit dem Teufel zugehen, wenn es uns nicht gelänge, auch die anderen vier der großen Fünf ausfindig zu machen.

Guter Dinge setzen wir uns wieder in den Wagen, wenden ihn und haben den Weg, den wir hinab gefahren sind, plötzlich aus der Froschperspektive vor Augen. So steil haben wir in gar nicht in Erinnerung! Nun, was soll's, langsam im ersten Gang hinauf, so werden wir es schon schaffen. Ein paar Meter kommen wir auch voran, dann drehen die Vorderräder durch, finden keinen Halt im Geröll. Wir versuchen es im zweiten Gang; nicht viel besser. Jetzt wäre ein Geländewagen mit Vierradantrieb gut, den haben wir aber nicht. Wir steigen aus, sehen uns die Reifen an. Kein Wunder: so gut wie kein Profil. Müssen wir dieses Manko eben durch den Einsatz von Muskelkraft ausgleichen – einer fährt, die anderen schieben. Die Methode erweist sich als erfolgreich: Stück für Stück quält sich der Wagen den Hang hinauf, während die zum Schieben Verurteilten stöhnen, schwitzen, fluchen. Dann, nach ungefähr zehn Minuten und schlappen zwanzig Metern, setzt der Wagen auf einer Bodenerhebung auf. So sehr wir uns bemühen, ihn wieder flottzubekommen, er sitzt unweigerlich fest.

Allmählich dämmert uns, daß der von uns an der Abzweigung beiseite geräumte Ast eine Art Stopschild war, das wir sträflich ignoriert haben. Was nun? Am klügsten wäre es, einfach abzuwarten. Wenn wir nicht vor Sonnenuntergang am Eingangstor eintreffen, werden uns die Ranger suchen. Nur dumm, daß wir bei unserer Einfahrt gesagt haben, wir wollten in der Lodge auf der gegenüberliegenden Seite des Parks übernachten. Folglich wird man uns nicht vermissen. Eine andere Möglichkeit wäre, bis zum nächsten Tag hier auszuharren in der vagen Hoffnung, daß uns morgen irgend jemand findet. Aber keiner von uns will die Nacht im Auto verbringen. Bleibt nur noch, den Rückweg zu Fuß anzutreten, auch wenn das aus guten Gründen streng verboten ist. Wir schauen auf die Uhr: Es ist kurz vor vier. In drei Stunden wird es dunkel, fast übergangslos. Die Entfernung zum Parkeingang schätzen wir auf fünfzehn Kilometer. Wenn wir zügig gehen und uns nicht verlaufen, können wir vor Einbruch der Dunkelheit dort sein. Wir sind bereit, das Risiko einzugehen.

Nachdem wir unsere Wertsachen aus dem Auto genommen haben, marschieren wir los, den Hang hinauf und an der Abzweigung nach rechts, wo wir hergekommen sind. So weit, so gut. Doch was ist mit den „Big Five"? Keiner von uns will ihnen nun begegnen! Schlimm genug sind die Spuren, die wir fortwährend auf dem sandigen Weg sehen: die tellergroßen Fußabdrücke von Elefanten, die gespaltenen von verschiedenen Huftieren, dazwischen die von Hyänen, und ob das nicht reichen würde, auch die Spur eines Leoparden. Es scheint hier wie auf einer Autobahn zuzugehen. Wenigstens entdecken wir keine Löwenspuren. Gibt es hier überhaupt Löwen? Wir glauben nicht. Dennoch rechnen wir ständig damit, daß einer plötzlich aus dem Busch hervorbricht und uns anfällt. Aber braucht es unbedingt Löwen? Was, wenn eine Elefantenherde unseren Weg kreuzt? Die Elefanten müssen uns gar nicht angreifen, es genügt, wenn sie uns eine Weile den Weg versperren, dann verlieren wir kostbare Zeit, kommen nicht rechtzeitig an unser Ziel. Wir machen uns schon mal mit dem Gedanken vertraut, die Nacht an einem Lagerfeuer oder auf einem Baum zu verbringen. Im Moment sind es allerdings weder Elefanten noch Löwen, die uns in die Quere kommen, sondern die Tsetsefliegen, die nun freie Hand haben und mit uns machen, was sie wollen. Mehrmals stellen wir uns die Frage, ob es nicht besser gewesen wäre, im Auto zu bleiben, und an jeder Wegbiegung kommen uns Zweifel, ob wir den richtigen Weg eingeschlagen haben.

Nach etwa zwei Stunden gelangen wir an eine Kreuzung – in ihrer Mitte ein erstes Zeichen der Zivilisation, ein Wegweiser, an dem wir uns orientieren können. Einer der Pfeile zeigt nach rechts zum Parkeingang, Entfernung zehn Kilometer; ein anderer Pfeil zeigt geradeaus, ebenfalls zum Parkeingang, Entfernung sechs Kilometer. Die erste Richtung lockt mit einer breiten Fahrstraße, die zweite hat nur einen schmalen Trampelpfad zu bieten. Welchen Weg sollen wir nehmen? In dieser Frage scheiden sich die Geister. Um es kurz zu machen: Drei von uns wählen die Abkürzung, folgen dem Trampelpfad, worauf der vierte sich widerstrebend der Mehrheit anschließt, die mit ihrer Entscheidung am Ende recht behält. Bevor die Dunkelheit hereinbricht sehen wir in der Ferne ein schwaches Licht. Zielstrebig steuern wir darauf zu und erreichen nach einer Weile eine Holzhütte in der Nähe des Eingangstores. Dort werden wir bereits von einem schwarzen Ranger erwartet, der uns von weitem hat kommen sehen und sich ungläubig die Augen reibt, als wir bei ihm eintreffen. Wir schildern ihm unser Mißgeschick, und man sieht ihm an, daß er noch seinen Enkeln von den vier Dummköpfen erzählen wird, die trotz Verbot ihr Auto verlassen und zu Fuß den Park durchquert haben, ohne Waffe, ohne Wasser, ohne Proviant. Aber er sieht uns unsere Dummheit nach und bittet uns in seine Hütte. Wir treten ein und nehmen in einer Art Wohnküche an einem Tisch Platz.

Die Hütte ist bescheiden eingerichtet und hat nur zwei Räume. Die Frau des Rangers, die an einem kleinen, von Flüssiggas betriebenen Herd steht, nickt uns freundlich zu und widmet sich dann wieder der Zubereitung des Essens, zu dem wir eingeladen sind. Hunger haben wir eigentlich nicht; willkommener ist uns der schwarze Tee, der uns angeboten wird und mit dem wir unseren Durst löschen. Als uns auf bunten Plastiktellern das Essen gereicht wird, Maisbrei und Ziegengulasch, wie man uns sagt, greifen wir aus Höflichkeit zu. Während des Essens kommen wir mit unseren gutherzigen Gastgebern ins Gespräch. Wir erfahren, daß zu ihrer Familie noch ein kleines Kind gehört, das nebenan im zweiten Raum schläft. Wir richten unsere Blicke auf den Nebenraum, der durch keine Tür getrennt ist. Aber das Kind können wir von unseren Plätzen aus leider nicht sehen. Dafür nehmen wir ein braungemustertes Batikkleid wahr, das an einem in die Holzwand geschlagenen Nagel hängt, sowie ein großes, gerahmtes Bild. Es zeigt, wir können es kaum glauben, das Porträt Papst Johannes Paul II.

Vieles haben wir auf unserer Safari erwartet, aber ganz bestimmt nicht den Papst, der uns in einer Holzhütte beim Verzehr von geschmacklosem Getreidebrei und zähem Ziegenfleisch zuschaut!

Die Urahnin der kenianischen Schillingnote

Wir lernten sie beim Mittagessen in der Naro Moro River Lodge am Fuße des Mount Kenia kennen. Der schwarze Kellner glaubte, uns einen Gefallen zu tun, als er uns die Getränkerechnung präsentierte und höflich auf deren Bezahlung bestand, obwohl wir noch beim Essen waren. Geduldig harrte er an unserem Tisch aus, bis wir schließlich ihm zuliebe Messer und Gabel aus der Hand legten, unser Portemonnaie zückten und zahlten. Nachdem dies geschehen war, hätten wir uns wieder unserem Essen zuwenden können. Statt dessen blieb unser Blick an einer Schillingnote haften, die sich auf dem Tisch unter dem Wechselgeld befand. Gebannt nahmen wir sie in Augenschein und rätselten, wie sie zu ihrem antiquierten Aussehen gekommen war. Wir waren nahe daran, sie in die Hand zu nehmen, wagten es jedoch aus gutem Grund nicht. Doch auch so kamen wir zu dem Schluß, daß sie schon existiert haben mußte, als Adam und Eva noch unschuldig im Paradies weilten. Die Spuren der Vergangenheit, vor allem jene aus jüngerer Zeit, waren an ihr nicht zu übersehen. Zweifellos war sie in die Hände eines stolzen Massai geraten, dem sie als eine Art Wattebausch diente, indem er mit ihrer Hilfe plus ein wenig Erde die blutenden Wunden an seinen Rindern stillte, nachdem er, wie bei seinem Volk üblich, mit einem Pfeil Blut an ihnen abgezapft hatte. Hart und verkrustet war sie ihm zudem danach behilflich gewesen, die Essensreste zwischen seinen faulen Zähnen zu entfernen. Während einer solchen Hygieneprozedur war die Schillingnote eines Tages versehentlich in einen Topf voll saurer Milch gefallen, wonach sich ihre Spur zwischenzeitlich verlor, bis sie auf dem Markt von Karatina wieder in Erscheinung trat. Zwischen fauligem Obst- und Gemüseabfällen liegend, glitten dort unzählige Füße über sie hinweg. Wie sie anschließend unter den von Schwären übersäten Bauch eines siechen, sich im kotigen Schlamm eines Tümpels suhlenden Kaffernbüffels geriet, ist bis auf den heutigen Tag ein ungelöstes Rätsel der Weltgeschichte. Ebensowenig ist es den Historikern bisher gelungen, ihren Weg in die Naro Moro River Lodge zurückzuverfolgen. Doch ihre Existenz an jenem Ort ist, wie wir selbst bezeugen können, unbestritten. Hier fristet sie ihr Dasein als Wechselgeld, und diesen Zweck wird sie noch lange erfüllen, denn kein Gast wird so unvernünftig sein, sowenig wie wir, sie mitzunehmen, es sei denn er wäre vor allen ansteckenden Krankheiten und Seuchen gefeit.

146

Heute morgen trafen wir in unserem Hotel am Frühstücksbüffet einen Landsmann, dessen Leibesfülle dem Vergleich mit einem Weinfaß spielend standhielt und der nach eigenem Bekunden seine untere Hälfte nur noch im Spiegel betrachten konnte. In dieser Beschaffenheit stürzte sich unser Landsmann, wie vom Hungertod bedroht, auf das Büffet, wobei es ihm in kürzester Zeit gelang, weder für uns noch für die übrigen Gäste einen Krümel übrig zu lassen. Auf diese Weise gesättigt, wandte er sich an uns und schlug uns einen gemeinsamen Spaziergang vor. Wir willigten ein und spazierten mit ihm ein Stück am Strand entlang. Sorglos schritt er uns voran, wohl wissend, daß ein Überfall von Kannibalen nicht zu befürchten war, der, hätte er stattgefunden, diese für ein Jahr von allen Nahrungssorgen befreit hätte, zumindest was ihn betraf, denn wir hätten auf dem Grill nur für einen Tag ausgereicht. Als wir nach einer Weile an einer kleinen Strandbar vorbeikamen, kehrte unser Freund sogleich in sie ein, während wir draußen auf ihn warteten. In wenigen Minuten war er zurück. Hinter ihm hing der indische Barbesitzer ein Schild mit der Aufschrift „Closed" an seine Tür und legte sich mit einem Bündel Geldscheinen in der Hand zufrieden unter eine Kokospalme, weil sein Gast den gesamten Bestand an Flaschen geleert hatte. Vergnügt erklärte uns unser Freund alsdann, daß er nun für ein Bad im Meer gerüstet sei. Wir hielten das für keine gute Idee und taten alles, um ihn von seinem Vorhaben abzuhalten, im Interesse der Menschheit. Doch er lachte nur, und mit einer Behendigkeit, die wir ihm nicht zugetraut hätten, stand er mit zwei, drei Sätzen bis zum Hals im Wasser. Es kam, wie wir vorausgesehen hatten: Mit seinem Unverstand löste er eine Springflut größten Ausmaßes aus, die an den umliegenden Küsten eine Spur der Verwüstung hinterließ und deren Ausläufer bis ins entfernte Japan reichten.

Alles inklusive

Auf unseren Rundfahrten im Landesinnern bekommen wir eine Reihe von Extras geboten, für die wir keinen Aufpreis bezahlen müssen. Trinken wir beispielsweise zum Frühstück ein Glas Milch und befahren anschließend eine tief zerfurchte und von Schlaglöchern übersäte Schotterstraße, so haben wir die Garantie, daß die Milch spätestens bis zum Mittagessen zu Butter geschlagen ist, ganz umsonst. Ähnlich ergeht es uns, wenn wir durch ein Dorf fahren und vor einer Fleischerbude anhalten. Zu einem Pfund Fleisch wird uns gratis ein Kilo Fliegen angeboten, das die Fleischportion appetitlich umgibt. Selbst schuld, wer da nicht zugreift. Ebenso sind uns die Schwärme von Händlern, die sich auf unsere Fersen heften, ein wahres Vergnügen, bemühen sie sich doch redlich, unserem aus allen Nähten platzenden Reisegepäck ein weiteres Souvenir hinzuzufügen, sei ihre Aussicht auf Erfolg auch noch so gering.

Ein wahrer Freund

Wenn jemandem nach unserer Reise Dank gebührt, so verdient ihn unser treuer Freund und Reisebegleiter. Nie ließ er uns im Stich, immer war er rechtzeitig zur Stelle, stets auf ihn Verlaß. Wenn wir niedergeschlagen waren, sich die Schwermut wie Blei auf unsere Herzen senkte, wir schier verzweifelten, war er es, der den Schleier des Trübsinns von uns nahm und unsere Hoffnung neu belebte. Wie oft wollten wir aufgeben, sahen wir keinen Ausweg mehr. Doch unverzagt richtete er uns wieder auf und wies uns den rechten Weg, stets selbstlos, den Staub, den Schmutz, die Gefahr, in der wir schwebten, heldenhaft verachtend, obwohl nicht selten seine eigene Existenz auf dem Spiel stand. Deshalb: Dank und nochmals Dank, dir geliebtes Schwammtuch!

(1990)

USA, Südwesten

Ein Schlag ins Wasser

Ob in Kalifornien, Arizona oder Nevada, in jedem Motel, in dem wir übernachteten, wurden die Gäste gebeten, sparsam mit Strom und Wasser umzugehen. Nun, wir folgten der noblen Aufforderung und bemühten uns, keine Ressourcen zu verschwenden. Wir duschten morgens fast ohne Wasser, kalt versteht sich, und löschten abends das Licht in unserem Zimmer, selbst wenn wir danach im Dunkeln saßen. Kurz: Wir waren in der Einsparung von Ressourcen recht erfolgreich. Auch anderswo versuchten wir Strom und Wasser zu sparen, hatten damit aber keinen Erfolg. So stellte man uns in Restaurants nach Landesart kostenlos Gläser mit eisgekühltem Wasser auf den Tisch – ob wir wollten oder nicht. Da wir uns vorgenommen hatten, keine wertvollen Rohstoffe zu vergeuden, tranken wir keinen Schluck aus ihnen. Am Ende wurden die vollen Gläser von unserem Tisch genommen und ihr kostbarer Inhalt achtlos in den Ausguß gekippt. So trugen wir doch noch, wenn auch unbeabsichtigt, zur puren Verschwendung von Strom und Wasser bei.

Ein erstaunliches Brot

Wer kennt es nicht, das Sandwich, das luftige amerikanische Weißbrot, zwischen das man dies und das legen kann. Vor Antritt unserer Rundreise durch drei US-Bundesstaaten machten wir uns mit ihm vertraut und entdeckten an ihm ungewöhnliche Eigenschaften. Am meisten beeindruckte uns seine Wandlungsfähigkeit. So gelang es uns problemlos, ein Sandwich auf die Größe einer Streichholzschachtel zusammenzukneten, was uns auf die Idee brachte, es in einer solchen unterzubringen und mit auf unsere Fahrt zu nehmen. In dieser originellen Verpackung begleitete es uns zu einer Weinprobe im Napa Valley, verweilte andächtig unter riesenhaften Mammutbäumen, stand staunend am Rande des Grand Canyon, ertrug stoisch die Hitze im Death Valley, saß abends in Las Vegas mit am Spieltisch und brachte uns sogar Glück. Dennoch waren wir am nächsten Morgen drauf und dran, es einem Schwarzen zu schenken, der mit anderen gescheiterten Existenzen vor einer Armenküche Schlange stand. Aber unsere Wege sollten sich erst in Disneyland trennen, wo es uns bei einer Achterbahnfahrt abhanden kam. Wir konnten gerade noch von oben sehen, wie die Streichholzschachtel einem kleinen Jungen vor die Füße fiel, der sie aufhob, öffnete und nicht im geringsten über ihren Inhalt erstaunt war, sondern unser komprimiertes Sandwich nahm, es zu einer Kugel formte und diese über den Gehsteig rollen ließ, zur großen Freude der als Micky Maus und Donald Duck verkleideten Animateure.

(1982)

Florida

Wo kein Wörterbuch hilft

„Hast *du* verstanden, was er von uns will?" – „Nein." Der Angestellte wiederholt seine Frage, doch wir verstehen ihn immer noch nicht. Eine „Dreierlains", was ist das? Da stehen wir also in Miami vor dem Schalter einer Mietwagenfirma und haben offenbar irgend etwas Wichtiges vergessen, was man hierzulande benötigt, um einen Leihwagen zu mieten. Das fängt ja gut an. Dabei haben wir doch bereits in Deutschland alles in die Wege geleitet und bei dieser Autovermietung einen Wagen für zwei Wochen gebucht. Schließlich sind wir nicht nach Florida gekommen, um zwei Wochen lang nur am Strand von Miami Beach in der Sonne zu liegen. Wir möchten die Everglades sehen, die Schwertwale im Sealife Park und die Weltraumraketen in Cape Canaveral, Disneyworld und das Epcot Center besuchen, in St. Petersburg über die Planken der Bounty schreiten wie einst Marlon Brando und nicht zuletzt der Spur Ernest Hemingways nach Key West folgen. Aber ohne Auto sind wir aufgeschmissen. Und nur, weil wir dieses Ding nicht haben, das sich „Dreierlains" nennt. Ein hilfsbereiter Amerikaner, der hinter uns in der Reihe steht und bemerkt hat, daß wir in der Klemme sitzen, erbarmt sich unserer. Er sagt etwas, das wie „Driver licence" klingt. Wir wiederholen das Wort, und er nickt. Sollte der Angestellte hinter dem Schalter unseren Führerschein meinen? Wir holen ihn hervor, und tatsächlich, um den geht es!

Vor unserer Reise hatten uns Amerikakenner geraten, beizeiten unsere Ohren zu schulen, indem wir uns einen Teller Spaghetti, ein zähes Steak und eine Schale Wackel-

pudding in den Mund stopfen und dann ein paar englische
Sätze sprechen sollten, um auf das Südstaatenkauder-
welsch vorbereitet zu sein. Wir hätten ihren Rat befolgen
sollen.

(1983)

Hawaii

Ansichten eines Teetrinkers

Nach zwanzig Flugstunden, die Zwischenaufenthalte nicht
mitgezählt, kommen wir spätabends in Honolulu an. Obwohl wir hundemüde sind, verspüren wir nicht das Bedürfnis, zu Bett zu gehen. Statt dessen suchen wir einen
Pub auf und lassen das eiskalte Bier, das uns dort in einem
knapp zwei Liter fassenden Pitcher gereicht wird, durch
unsere Kehlen rinnen. Bei einem Pitcher bleibt es nicht,
und nach einer kurzen Nacht wachen wir am Morgen mit
einem Brummschädel auf. Eine Tasse Tee täte mir jetzt
gut. Duschen und anziehen sind eins, und umgehend
steuern wir die nächste Imbißstube an, um zu früh-
stücken. Ich bestelle Rührei, Speck – und Tee. Bei dem
Wort „Tee" schaut mich die Kellnerin entsetzt an, als
käme ich von einem andern Stern und stürzt davon. Wenig später kommt sie zurück und bringt mir Rührei und
Speck. Den Tee aber bringt sie mir nicht. Alle anderen
Gäste haben dagegen ihren Kaffee längst vor sich stehen.
Als ich nicht mehr damit rechne, kommt mein Tee doch
noch – ein Glas mit lauwarmen Wasser sowie ein Papier-
tütchen, in das man, wie ich vermute, im frühen Mittelal-
ter, als Schwarzer Tee im Abendland noch unbekannt war,
eine Fingerspitze vermodertes Heu gestopft hat. Dazu

straft mich ein verächtlicher Blick der Kellnerin. Nachdem ich das Tütchen mit den Heupartikeln in das Glas getunkt und den ersten Schluck getrunken habe, werde ich von einem heftigen Hustenanfall geschüttelt. Trotz dieser deutlichen Warnung trinke ich das Glas aus und darf mich nicht beschweren, wenn mich danach ein noch heftiger Hustenanfall schüttelt und ich damit alle Blicke in der Imbißstube auf mich ziehe.

In einem alten Schlager heißt es: Es gibt kein Bier auf Hawaii. Das kann ich nicht bestätigen. Nach meiner Überzeugung muß der Komponist Bier mit Tee verwechselt haben.

Frost unter Palmen

In wenigem stimmen die Reiseführer über Hawaii so überein, wie bei der Angabe über die mittlere Jahrestemperatur: Allesamt geben sie 26° Celsius an. Wohlgemerkt: plus! Doch ihre Angaben decken sich nicht im geringsten mit unseren Erfahrungen. Wir behaupten nicht, daß sie eine infame Lüge sind. Nein, unter freiem Himmel mögen sie gelten. Doch hätten die Autoren der Reiseführer sich die Mühe gemacht, auf Hawaii in ein Restaurant zu gehen oder mit einem Omnibus zu fahren, so wären sie mit Sicherheit zu einem anderen Ergebnis gelangt und hätten dem unbedarften Reisenden dringend empfohlen, in geschlossenen Räumen oder öffentlichen Verkehrsmitteln Winterkleidung zu tragen. Wie überlebenswichtig das Mitführen warmer Kleidung auf Hawaii ist, mag folgende Begebenheit veranschaulichen.

Es geschah bei einem Einkaufsbummel in Waikiki. Nachdem wir uns bereits in anderen Läden und Geschäften eine prächtige Erkältung geholt hatten, trieb uns die

Neugier in einen Supermarkt, wo wir den verhängnisvollen Fehler begingen, uns länger als fünf Minuten in ihm aufzuhalten. Fasziniert schritten wir an den mit amerikanischen Waren bestückten Regalen vorbei und kamen am Ende in die Milchabteilung. Beiläufig sahen wir uns eine der vielen Milchsorten näher an und staunten nicht schlecht, daß wir ein komplettes Chemielabor in Händen hielten, wie der Inhaltsangabe auf der Verpackung zu entnehmen war. Zunächst glaubten wir, es handele sich um einen Einzelfall, doch weitere Stichproben zeigten uns, daß dem nicht so war. Währenddessen hatten wir völlig vergessen, auf die Uhr zu schauen, und als wir uns endlich besannen und zum Ausgang gehen wollten, versagten unsere Glieder uns ihren Dienst. Wir konnten uns gerade noch einen erstaunten Blick zuwerfen, dann waren auch unsere Köpfe bewegungslos. Starr und steif standen wir da, wie lange wissen wir nicht. Zum Glück kamen irgendwann ein paar kälteresistente Inselbewohner vorbei, die uns mit offenen Mündern anstarrten, als sie sahen, daß wir am Boden festgefroren waren und die Eisschicht um uns herum immer dicker wurde. Ein beherzter junger Mann holte schließlich einen Eispickel, mit dem er uns vom Fußboden löste. Daraufhin trugen uns die barmherzigen Menschen aus dem Supermarkt und plazierten uns draußen neben einen Getränkeautomaten mitten in die pralle Mittagssonne, wo wir bis nach Sonnenuntergang, einem Eisblock gleich, standen und den durstigen Kunden dankbar, wenn auch unfreiwillig, die Eiswürfel für ihre mit Coca-Cola gefüllten Becher lieferten.

(1992)

Werner Hasselbacher

Sandrasselottern
Novelle

Bodo, gutaussehend und lebenslustig, fliegen die Herzen der
Mädchen nur so zu. Das läßt er sich etwas kosten – mehr als er
im Zoo als Tierpfleger verdient. Doch das nimmt er auf die
leichte Schulter, bis er eine Dummheit begeht. Plötzlich aus der
Bahn geworfen, weiß er weder ein noch aus. Da kommt er auf
eine wahnwitzige Idee.

„Wer sonst nur zwischen Bankhochhäusern und Zoo in der
Mainmetropole spazieren geht, wird von Werner Hasselbachers
amüsanter Novelle nun auch an Frankfurter Abgründe geführt."
Mannheimer Morgen

Zebra mit Bratkartoffeln
Zoogeschichten

Überschüssige Zootiere werden dem Zoopersonal bei einem
Betriebsfest als Braten serviert, ein Orang-Utan zeigt seinem
Pfleger, wer der Herr im Hause ist, der Transport eines Nilpfer-
des kann Kopfschmerzen bereiten, einem Zoodirektor erscheinen seine Zöglinge nachts im Traum …
Dreizehn phantasievolle Zoogeschichten, versehen mit einem
kräftigen Schuß Humor und einer Prise Sarkasmus.

Verlag Books on Demand